DREAMBOOKS★

DREAMBOOKS

양인산 신무협 장편소설
ORIENTAL FANTASYSTORY & ADVENTURE

장인전생

dream
books
드림북스

장인전생 3

초판 1쇄 인쇄 2015년 9월 10일
초판 1쇄 발행 2015년 9월 21일

지은이 양인산
발행인 오영배
책임편집 편집부
표지 · 본문 디자인 공간42
제작 조하늬

펴낸곳 (주)삼양출판사 · 드림북스
주소 서울시 강북구 도봉로 173
대표 전화 02-980-2112 **팩스** 02-983-0660
출판등록 1999년 3월 11일 제9-00046호

ⓒ 양인산, 2015

ISBN 979-11-313-0410-5 (04810) / 979-11-313-0407-5 (세트)

드림북스는 (주)삼양출판사의 판타지 · 무협 문학 브랜드입니다.

3

양인산 신무협 장편소설
ORIENTAL FANTASYSTORY & ADVENTURE
장인전생

dream
books
드림북스

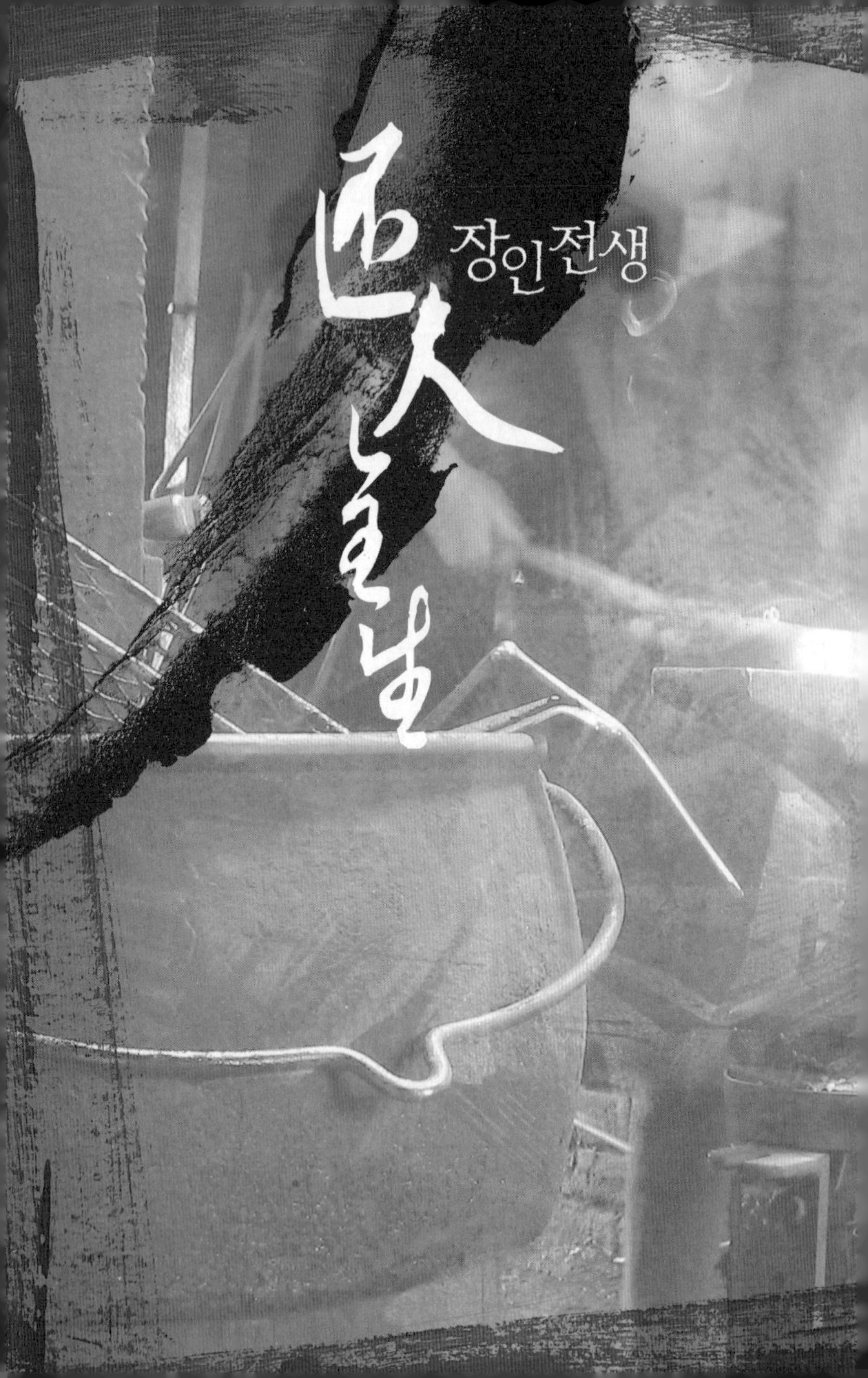
장인전생

목차

제1장
하남성(河南省)

  흑수는 두 달 가까이 이동해서야 용봉 비무 대회가 열리는 하남성에 도착할 수 있었다.

  하남성!

  소림사가 있는 숭산과 무림맹의 본산이라고 알려진 바로 그곳이다.

  흑수는 구포현을 벗어난 적도 거의 없는 데다 광동성의 성도에 그리 길게 있던 것도 아니다.

  때문에 하남성에 도착하자 신기한 듯 이곳저곳 둘러보기에 바빴다.

  '역시 전체적으로 좀 더러운 이미지가 있구나.'

화려한 건축 양식으로 가득한 것도 눈을 끌었지만, 거리가 지지분한 것도 눈에 확 들어왔다.

환경미화원 같은 공무원이 따로 없어 생긴 일이다.

거주 인원은 많은데 관리가 잘 안 되어 있는 느낌이다.

그래도 성도 외곽에서 벗어나자 수많은 사람들로 북적였다.

남쪽 끝자락에 있는 광동성과는 비교가 안 될 정도로 수많은 인파들이 통행하는데 용봉 비무 대회가 열리는 탓에 더욱 바글바글거렸다.

어찌나 많은지 교통 체증이 일어날 정도였다.

마차들은 쉬이 움직이지 못하고 있으며 호객 행위를 하는 객잔도 어렵지 않게 찾아볼 수 있었다.

'과연 대륙의 스케일!'

흑수는 확실히 대륙이 인구수가 많긴 많다는 걸 새삼 깨달았다.

광동성에 있을 때는 딱히 느끼지 못했는데, 인파로 가득한 곳에 오니 중국은 땅도 넓고 인구도 많다는 걸 다시 한번 깨달을 수 있었다.

"아무래도 안 되겠군. 우리는 이만 내리세."

금관지는 한 시진이 넘도록 제자리에서 이동하지 못하자 일단 마차에서 내리기로 했다.

금관지는 마부에게 이만 돌아가도 좋다는 말을 남기고 내렸다.

그를 뒤따라 흑수가 마차에서 내렸다. 마부는 마차를 다시 뒤로 몰았다.

"아가씨가 있는 곳은 어디죠?"

"여기서 그리 멀지 않다네. 좀만 걸어가면 도착할 걸세."

앞장서서 종리연이 머무는 곳으로 향하는 금관지.

사람이 많다 보니까 조금만 한눈팔아도 놓칠 것 같았다.

흑수야 키가 워낙 커서 눈에 잘 띄는 편이지만, 금관지는 아니다.

난생처음 와보는 곳이기에 흑수는 최대한 그를 놓치지 않기 위해 흑수는 그에게 가까이 붙어 이동했다.

사람들의 시선은 죄다 흑수로 향하고 있었다. 그도 그럴 것이 흑수는 누가 봐도 눈에 너무 띄기 때문이다.

"허허. 남녀노소 할 것 없이 자네를 바라보는구만."

"그러게요."

그 이유는 굳이 말하지 않아도 흑수 본인도 잘 안다. 바로 그의 키였다.

평균 키가 150센티미터밖에 안 되는 이 시대에서 180센티미터는 거인 취급을 받기 때문이다. 다행인 것은 무인들은 160~170센티미터 사이이긴 하지만 그래도 흑수는 그들보다도 머리 하나는 컸다.

"키가 크면 편하겠군. 어딜 봐도 한눈에 다 들어올 테니 말야."

"편하긴 하죠. 인파가 바글바글해도 누군가 찾기 쉽고요."

"반대로 자넬 찾기도 쉬울 테고."

흑수와 금관지가 하하 웃으며 걷다가 새삼 꽤 많은 무인들이 있다는 걸 깨달을 수 있었다.

무인이 많은 것은 알고 있었지만, 하남성에 오니 발에 치일 듯 많았다.

이곳에 무인들이 전부 온 것이 아닐 테니 천하에는 얼마나 더 많은 무인들이 있을까 상상조차 되지 않았다.

그렇게 사람들이 북적이는 거리를 걸으며 한참을 걸어서야 종리연이 머무는 곳에 도착할 수 있었다.

"여기가 무림맹일세."

"오오!"

금관지의 말에 흑수가 감탄했다. 입구로 들어올 때부터 심상치 않다고 느꼈는데 이곳이 무림맹이었다니!

남쪽 땅 끝에 위치한 마을에만 있던 흑수에게 무림맹은 신비로운 곳이었다. 금관지는 그의 다채로운 표정을 보며 허허 웃었다.

확실히 촌에서 대도시에 오니 모든 것이 신기할 것이다.

금관지도 젊을 적 무림맹에 처음 와 봤을 때 그와 같은 표정을 지었었다.

이제는 여기저기 다 가 봐서 익숙하지만, 흑수를 보면 자신도 저랬지 하며 회상할 수 있었다.

종리연은 흑수를 미리 마중 나와 있었다.

"어서 오세요, 금 장로님."

"허허, 마중을 나오실 줄 알았다면 더 빨리 올 걸 그랬습니다."

금관지는 푸근한 미소로 그녀에게 정중히 인사했다. 종리연은 흑수를 바라본다.

"소식은 들었어요. 별일 없으셨나요?"

그녀가 말한 소식이란 것이 무엇을 말하는지 흑수는 어렵지 않게 알 수 있었다.

일전에 산적들이 습격했던 것을 말하는 것이리라.

"다행히도 저와 대장간은 무사합니다. 다만 이웃들의 피해가 너무 컸어요."

흑수는 자신이 지켜 주지 못한 이들이 생각이 나자 낯빛이 조금 어두워졌다.

평소 알고 지내던 푸줏간 아주머니와 딸의 죽음을 눈앞에서 목격한 흑수다.

그때 일이 기억날 때마다 당시에 좀 더 빨리 대처했어야 했다고 스스로 자책하기 일쑤였다.

지금은 어느 정도 극복했지만 그래도 후회되는 것은 어쩔 수 없는 일이다.

"그래도 이름 모를 협객 덕분에 피해가 안 늘어난 것은 천만다행이에요. 그 사람이 없었다면 큰 사달이 났을지도 몰라요."

종리연이 말하는 그 이름 모를 협객이 바로 흑수다.

그녀는 흑수가 산적들을 몰아넣은 것을 모르는 모양이었다.

흑수는 당시에 온몸이 피로 점철되어 있고, 관병들이 오자 도망쳤다.

누군가는 마두 같다고 불렀고, 어떤 이는 협객이라 불렀다.

흑수야 마두든 협객이든 신경 쓰지 않지만, 누군가에게 자신을 노출 시키는 건 꺼렸다.

다행히 자신이 했던 일이란 누구도 모르니 다행이라고 생각했다.

늦은 새벽인 데다 다들 경황이 없어서 흑수가 산적들을 막았다는 건 아무도 모르고 있었다.

"그래도 산적 두목은 죽고, 나머지 산적들은 전부 잡았다니까 산적들이 다시는 오지 못하겠죠. 그나저나 아가씨는 그간 별일 없으셨죠? 수련은 여전하신가요?"

"네. 딱히 특별한 일도 없고, 수련은 매일 하고 있어요."

흑수가 안부를 묻자 방긋 미소를 지었다. 그러면서 별일도 아닌 얘기를 하려고 했다. 금관지는 아차 하는 표정이었다.

그녀가 슬슬 시동을 걸려고 한다는 걸 느낀 것이다. 허나 그것을 느낀 건 금관지만이 아니었다.

흑수도 나름 그녀와 오래 지내서 그녀가 하려는 일을 눈 치채고 먼저 선수를 쳤다.

"일단 안에 들어가서 얘기해도 될까요?"

"앗, 제 정신 좀 봐. 아직 짐도 안 푸셨는데 밖에 계속 있었네요. 식사는 아직이시죠?"

"예."

"미리 음식을 시킬 테니 짐을 풀고 내려오세요. 위층 왼쪽 끝이 흑수 님의 방이고, 그 맞은편이 금 장로님의 방이에요."

금관지가 살았다는 표정을 짓고, 흑수는 그 옆에서 말없이 빙긋 웃었다.

*　　　*　　　*

무림맹.

무림인들이라면 누구나 동경하고, 선망하는 곳이 바로

무림맹이다.

수많은 고수들이 모여 있고, 이곳에서 열띤 토론을 펼치기도 한다.

화합의 장임과 동시에 때론 치열한 논쟁이 펼쳐지기도 한다.

무림의 큰일이 생겼을 때 반드시 무림맹을 중심으로 일어난다고 하니 위세가 얼마나 대단한지 알 수 있다.

날아다니는 새도 떨어뜨릴 수 있을 정도로 위세가 하늘을 찌르는 무림맹!

흑수는 무림맹에 오고서 여기저기 구경하고 싶었지만, 가장 먼저 해야 할 일이 있었다.

바로 종리연의 신물의 상태를 확인해 보는 것이다.

"신물 좀 확인해 봐도 될까요?"

"예, 물론이죠."

종리연은 허리에 차고 있던 신물을 검집째로 흑수에게 건네주었다.

그는 조심스럽게 검을 뽑아 확인해 보았다.

'손잡이는 이상 없고, 날이 휘거나 이가 나가지도 않았고, 날이 빠지려는 현상도 없고, 녹이 슬지도 않았고……'

흑수는 하나하나 꼼꼼하게 점검했다.

비무를 할 때 이 신물을 사용한다고 하니 작은 것이라도 놓치지 않겠다는 듯 뚫어지도록 관찰한다.

당연한 거지만, 신물 관리는 끝내주게 잘해 놓아 처음 만든 그대로라 딱히 수리할 부분은 없었다.

"멀쩡하네요. 관리도 아주 잘해 놓았고요."

"정말요?"

"예. 오히려 처음 수리했을 때 그대로라서 어지간히도 막 다루지 않는 이상 부러지지도 않을 거예요. 그래도 한번 전투를 치르고 어떻게 될지 모르니 끝날 때마다 제가 확인할게요."

흑수가 말을 하면서 신물을 건네고, 종리연이 고개를 끄덕여 보이며 다시 검집에 넣었다.

"흑수 님은 이제 뭐 하실 예정이세요?"

"주변을 좀 둘러볼 생각이에요. 아무래도 하남성은 처음이라 궁금하기도 해서요."

신물 상태도 확인했으니 이젠 딱히 뭘 할 것도 없었다.

식사는 이미 끝냈고, 남은 건 자유 시간뿐이다.

할 것도 딱히 없으니 주변을 둘러보면서 길도 외우고, 맛있는 음식이 있으면 한번 먹으러 가 볼 생각이다.

모름지기 관광이란 건 먹거리로 시작해서 먹거리로 끝나는 법!

평소 음식에 있어 큰 관심이 있는 흑수다. 이런 좋은 기회를 절대 놓칠 수 없는 일이다.

"흑수 님. 괜찮다면 제가 안내해 드릴까요?"

"오, 정말요? 그럼 저야 감사하지만, 괜찮으세요? 수련
도 해야 해서 바쁘실 텐데."

번거롭기도 하고, 안 그래도 비무 대회가 이제 보름도 안
남은 상황이다. 수련에 정진해야 할 그녀이기에 폐를 끼치
는 일이 될 수도 있다.

"괜찮아요. 기분 전환도 중요한 일이니까요."

스스로 그렇게 말하니 딱히 거절할 이유도 없기에 흑수
는 그녀와 함께 근방을 구경하기로 했다.

*   *   *

흑수와 종리연은 무림맹을 구경한 후, 그 일대를 돌아다
녔다.

그들이 가장 먼저 향한 곳은 제일루(第一樓)라는 주루였
다.

굳이 이곳에 온 이유는 노점에서 파는 것들도 먹을 것이
많았지만, 흑수는 하남에만 있다는 요리를 먹기 위함이었
다.

하남성에서 가장 잘나간다는 주루를 찾아갔더니 사람들

로 붐비고 있었다.

자리가 없을 수도 있겠다 생각했는데, 흑수와 종리연은 운이 좋았던 덕분에 남은 자리에 앉을 수 있었다.

"마지막 남은 자리에 이렇게 경치가 좋은 곳에 앉을 수 있다니. 운이 정말 좋은 것 같네요."

"호호, 그러게요."

흑수의 자리가 명당이라고 할 수는 없지만 그래도 나름 운치 있는 곳에 위치해 있었다.

낮에 왔더라면 주변 풍경을 볼 수 있었겠지만 저녁이라 풍경보다 야경이 더 눈에 띈다. 그게 나쁘다는 얘기는 아니었다.

거리마다 내건 등불은 하남성의 밤거리를 환하게 비추고 있었다.

얼마나 밝게 비추는지 전생에서 거리를 비추던 네온사인으로 착각할 정도다.

해가 저물면 불 끄고 잠을 자는 구포현과 다르게 이곳은 저녁에도 활기가 넘치는 곳이었다.

용봉 비무 대회 때문만이 아니라 무림맹과 소림사의 본산이 있는 하남성이니 저녁에도 활기찬 것이리라.

"일단 허기도 지고 뭣 좀 먹을까요?"

"예."

흑수는 손을 들어 점소이를 불렀다. 근방에서 분주하게 움직이던 점소이가 그들에게 헐레벌떡 다가왔다.

워낙 바빠 점소이는 땀을 뻘뻘 흘리고 있었지만, 영업용 미소를 지은 채 주문을 받으려고 했다.

"주문하시게요?"

"하남성의 요리를 먹고 싶은데 뭐가 가장 맛있나요?"

"하남성의 요리라면 당연히 전부 맛있습니다만, 그중 어양면이 가장 인기가 많습니다."

"어양면? 처음 들어보는데 그건 뭐죠?"

중국의 음식은 하루에 한 끼씩 바꿔먹어도 평생 다 먹을 수 없다고 할 정도로 많은 음식이 있다. 당연히 처음 들어보는 음식이 많았다.

"물고기와 양고기를 곁들인 국수입니다. 이곳에서 가장 잘나가는 요리입니다."

물고기와 양고기. 어떻게 생각해도 조합이 괜찮을까 의심이 든다. 생각만 해서는 맛있을까 의문이 들지만 자고로 요리는 먹어 봐야 아는 법이다.

기껏 하남성에 왔는데 한번 먹어 봐야 하지 않겠는가. 인기 있는 음식은 다 이유가 있는 법이다.

"그럼 그걸로 주세요."

"술도 같이 하실 건가요?"

"술은 뭐가 가장 맛있죠?"

"물론 두강주가 맛있습니다."

당연한 듯 말하지만, 흑수에게는 두강주라는 것도 생소한 것이다.

광동성에서만 있었기에 광동의 음식이나 술은 그나마 잘 알지만, 하남성의 음식과 술의 종류는 잘 모른다.

"그럼 어양면과 만두 이 인분, 두강주 한 병 주세요."

어양면의 양이 얼마나 될지 몰라 일단 만두를 추가로 시켰다.

점소이는 다시 분주히 움직이며 상을 치우고, 닦고, 그릇 나르기에 바빴다.

주방으로 향하면서 또 다른 손님들의 주문을 받기도 했다.

"확실히 잘나가는 모양이네요."

"그러게요. 점소이 여러 명이 저렇게 분주하게 움직이는 건 처음 봤어요."

제일루의 점소이는 한 명이 아니라 눈에 보이는 것만 네 명이었다.

네 명이 분주히 움직이는데도 인력이 부족해 보였다. 그만큼 이곳이 유명한 곳이라는 뜻일 것이다.

하남성의 모든 곳이 다 그렇지 않지만 유독 이곳으로 사람들이 몰리는 이유가 있다.

"아가씨는 이거 몇 번 드셔 보셨나요?"

이번에 용봉 비무 대회 말고도 하남에 온 적이 있을 테니 어양면을 먹어 본 적 있을 거라 생각했다.

"두강주는 몇 번 마셔 봤지만, 어양면은 처음이에요. 두 강주는 천하의 명주라고 말해도 결코 허언이 아니죠."

천하의 명주란 말에 순식간에 혹한 흑수다. 종리연이 그렇게 말할 정도면 정말 대단한 술일 것이다. 얼마나 맛있는 요리가 나올까, 흑수는 잔뜩 기대하며 종리연과 이런저런 대화를 나누었다.

주로 흑수가 어떤 식으로 수련을 했는가에 대한 내용인데, 종리연은 자신의 수련에 대한 내용을 말하기를 꺼려 했다.

아무래도 주위에 듣는 사람이 많으니 말하기를 꺼리는 것이리라.

그녀는 이번 용봉 비무 대회에 참가자다. 자신의 수련법이 주위에 알려져서 좋을 것이 없다고 생각한 것이다.

흑수도 그것을 이해하기 때문에 주로 자신만 말하게 되었다.

'무신도법에 대한 건 빼서 말했지만.'

산적 두목과 대결에서 승리해 전리품으로 얻었다고 하기도 그렇다.

어차피 나중에 말하긴 하겠지만 굳이 지금 말할 필요는 없을 거라는 생각이 들었다.

그렇게 한참을 대화를 하다가 드디어 기다리고 기다리던 어양면과 만두, 두강주가 나왔다.

만두는 광동이랑 별 차이가 없지만 어양면은 확실히 난생처음 보는 비주얼이었다.

물고기를 통째로 얹은 거라 생각했더니 살을 발라 넣고, 그 위에 양고기를 곁들인 국수다.

뭐라 말로 형용하기 어려울 정도로 괴기하기까지 하다. 과연 이게 조합이 잘 맞을까 의심이 들었다.

'겉보기로 봐서는 잘 모르겠는데⋯⋯.'

모름지기 음식은 직접 먹어 봐야 하는 법.

종리연은 겉보기와 다르게 어양면이 맛있는 모양인지 한 젓가락을 먹더니 흡입하듯 먹기 시작했다.

흑수는 그녀를 따라 같이 한 젓가락 먹어 보았다.

"맛있네요?"

눈이 휘둥그레진 채 그녀를 바라보는 그를 보고 종리연이 미소를 지었다.

"예, 정말 맛있어요."

난생처음 느껴보는 맛이지만, 이건 흑수에게도 잘 맞았다.

생선과 양고기의 비린내가 나지 않고 그 두 가지의 맛을 느낄 수 있었다.

만두는 어디에나 있듯 평범했지만, 두강주는 광동에서 마셨던 술과는 또 달랐다.

하남의 전통주의 진수가 무엇인지 확실히 보여 주고 있었다. 과연 천하의 명주라 할 만하다. 도수가 높긴 하지만 참을 만했다.

흑수는 종리연과 함께 술잔을 기울이며 하하호호 웃고 떠들었다.

"뭐? 냄새나는 녀석? 이 썩을 년들이 어디서 감히……!"

한참을 떠들었는데 갑자기 주위가 소란스러웠다.

"싸움이라도 난 모양이네요?"

흑수와 종리연이 소란이 일어난 곳으로 자연스럽게 시선을 향한다.

그곳에는 큰 언성이 오가고, 자리에 앉아 있는 사람들은 자리를 피하거나 구경하고 있었다.

장정 세 명과 여성 세 명이 그들과 대치하고 있었다.

그들은 모두 무인이었다.

당장이라도 칼을 뽑을 기세로 서로를 노려보고 있었다.

이 와중 제일루의 주인장은 너무 살벌한 분위기에 말리지도 못한 채 발을 동동 구르고 있었다.

보아하니 도움을 요청하고 눈치다. 다른 무인들도 주인장의 시선을 눈치채긴 했지만 애써 외면하고 있었다.

괜히 끼어들었다가 자신에게 불똥이 튀기는 걸 걱정하고 있는 것이다.

주인장도 그것을 알기 때문에 이러지도 저러지도 못하고 있는 실정이다.

흑수는 굳이 자리를 이동하지 않아도 훤히 보이는 위치인 데다 청각도 예민해져 어떤 상황인지 알 수 있었다.

"저 남자들이 먼저 수작부리다가 저리된 것 같네요."

흑수는 잔에 술을 따라 한 잔 마시며 그들의 싸움을 구경만 했다.

"어떻게 하죠?"

"어떻게 하다니요?"

"돕지 않고 구경만 하시게요?"

"아가씨가 저런 상황에 처했다면 또 모르겠는데, 처음 보는 사람들인데 제가 왜 도와요? 모름지기 구경 중 가장 재밌는 게 불구경 다음으로 싸움 구경이라고 하잖아요. 그냥 구경이나 하죠."

흑수가 이런 사람이었구나, 하고 종리연은 새삼 깨달았다.

옆에서 지켜본 결과 정이 많고 사람을 가리지 않는다고 하지만 귀찮은 일에는 절대 끼어들려는 성격은 아니었다.

무공만 배웠다 뿐이지 그는 무인이 아닌 대장장이일 뿐이다.

　무인도 아닌데 이런 곳에 끼어들어 봤자 좋을 건 없었다. 오히려 그처럼 가만히 있는 게 현명할지도 몰랐다.

　'그런데 내가 저런 상황이면 도와준다는 거구나.'

　종리연의 얼굴이 사과처럼 붉게 물들었다. 별것 아닌 말인데 그게 기쁘고도 고마웠다.

　"그런데 저긴 왜 여자들밖에 없는 거죠?"

　심지어 호위무사로 보이는 자들도 여성이었다.

　그들이 호위하는 여성은 흑수랑 또래로 보이는데, 담담하게 앉아서 차를 마시고 있다.

　마치 남의 일을 보듯하고 있지만, 그녀는 확실히 사건의 중심에 서 있다.

　그녀는 함부로 다가서면 안 될 것 같은 분위기를 풍기고 있었다. 곁에서 느껴지는 위압감은 결코 거짓이 아니다.

　얼음처럼 차가운 면모가 보이는 그녀. 참으로 신비로운 사람이어서 궁금증이 생겼다.

　"신녀문에서 온 사람들 같네요."

　"신녀문이요?"

　종리연이 고개를 끄덕이며 신녀문이 어떤 곳인지 설명해주었다.

"신녀문은 여성들만 있는 문파로, 천하제일의 의술을 지녔다고 명성이 자자하죠. 거기다 여성들밖에 없어 많은 사람들이 궁금해하는 곳이기도 하고요. 무공이 얼마나 뛰어난지 모르지만, 명문인데 약하지는 않겠죠."

"그렇군요."

흑수가 궁금한 것은 그것이 전부기에 담담하게 들으며 싸움 구경을 한다.

주위에서 싸우라고 부추기고, 신녀문과 남정네들은 여전히 칼을 뽑을 듯 대치하고 있다.

"지금이라도 우리에게 대한 무례를 사과하라. 정중히 사과하면 우리도 이만 물러나지."

"사과? 사과를 해야 할 건 우리가 아니라 너희들이다. 감히 이분이 어떤 분이신지 모르고 추파를 던지다니. 제정신인가?"

여협들의 말은 그러니까 오히려 그쪽에서 사과해야 받아줄까 말까란 소리다.

상황이 재밌게 흘러가고 있었다.

'이럴 때는 팝콘이 있어야 하는데!'

재밌는 구경을 할 때는 역시 팝콘이 제격인데, 없으니 못내 아쉬운 흑수였다.

대치 상황이 계속 진행되고, 지루한 상황이 이어진다. 담담히 차만 마시고 있던 여성이 자리에서 일어나며 그들을 둘러보며 호위무사들을 타박했다.

"그냥 가자. 잠깐 눈앞에 날아다니는 날파리들을 상대해서 뭘 어쩌자고."

그 말에 주위에서 보고 있던 사람들이 하하하 웃었다.

'우와. 얼굴에 맞지 않게 엄청난 독설가네.'

흑수도 그들과 함께 하하하 웃고, 종리연도 같이 웃었다. 모두 웃는 와중에도 웃지 않는 이는 추파를 던졌던 무인들뿐이다.

"이년들이 감히……!"

그들은 얼굴이 시뻘겋게 물들며 이를 갈며 결국 신녀문에 달려들었다.

자신들을 모욕하니 당연히 참을 수 없던 것이다.

추파를 던졌던 무인들의 실력도 장난이 아니다.

신녀문의 무인들은 미리 준비하고 그들의 일검을 막았지만, 몸이 뒤로 밀려났다.

싸움이 시작되자 의자와 상이 부서지고 있었다. 음식을 먹고 있던 손님들은 거리를 벌려 구경한다.

도를 들고 있던 무인이 맹렬히 몰아치고, 신녀문의 무인들은 생각지도 못한 무지막지한 공격에 간신히 막아 낼 뿐이었다.

"빌어먹을 년. 오늘 살아 돌아갈 생각하지 마라!"

무인의 기세가 더해지고, 신녀문의 무인들은 움직임이 더 분주해진다. 반격할 틈을 전혀 주지 않아 막는 것도 급급했다.

무인은 신녀문의 무인들을 가지고 놀다시피 조금씩 밀어붙였다.

그 과정에서 그녀들의 옷이 베이기 시작했다. 어느새 옷틈 사이로 뽀얀 속살이 보여졌다.

신녀문의 무인들은 수치심을 느끼고 있었지만 지금 상황에서 어떻게 할 수 없었다.

"별것도 아닌 년들이 까불고 있어!"

무인이 신녀문의 무인 한 명의 멱살을 우악스럽게 잡더니 뒤로 던졌다.

어찌나 힘이 셌던지, 사람 한 명이 몇 미터나 날아갔다.

그런데 신녀문의 무인이 날아오는 방향은 흑수가 앉아 있는 곳이다.

갑자기 날아들어 흑수와 종리연은 몸만 피했다.

그들이 앉았던 자리가 부서지고, 두강주가 든 술병이 요란하게 깨지며 그 안에 담긴 술이 얼굴에 튀었다.

"……"

"흑수 님, 괜찮으세요?"

종리연이 흑수를 걱정하듯 바라본다.

그는 아무 말 없이 깨진 술병을 바라보다가 얼굴에 묻은 두강주를 소매로 대충 닦았다.

날아온 신녀문의 무인은 숨은 쉬고 있지만 기절했는지 미동도 없다.

흑수의 인상이 살짝 찌푸려졌다. 몸에 별다른 피해가 없었지만 기분이 나빴다.

"아가씨. 잠깐만 기다려 주세요."

"예? 아, 예."

흑수가 빙긋 웃었지만, 그녀는 어째서인지 그 미소가 무섭다는 생각이 들었다.

흑수는 양쪽으로 길을 튼 사람들 사이를 걸어가며 도로 위협하고 있는 무인들의 어깨를 툭툭 쳤다.

"넌 뭐야? 다치고 싶지 않으면 꺼져!"

무인들은 의기양양한 표정을 지으면서 흑수를 위협했다.

허나 흑수의 무쇠 같은 주먹은 위협에 아랑곳하지 않고 도를 든 무인의 얼굴에 향했다.

우당탕! 요란한 소리와 함께 갑자기 끼어든 흑수로 인해 주위가 고요해졌다.

"싸울 거면 최소한 남에게 피해 끼치지 말고 나가서 싸워!"

종리연은 이 날 흑수에 대해 한 가지 새롭게 알게 되었다.

모르는 사람끼리 불화가 일어나도 가만히 있지만, 자기에게 피해가 가면 결코 가만히 있지 않는다는 것을.

＊　　＊　　＊

흑수의 난입으로 갑자기 분위기가 이상해졌다.

신녀문의 무인들은 흑수를 멀뚱히 바라보았다.

그녀들과 대치하던 무인들은 흑수를 향해 검을 겨누고 있었지만 쉽게 덤비지 못하고 있었다.

동료가 고작 주먹 한 번으로 나가떨어지니 그들도 조심스러운 것이다.

"우리가 누군지 알고 덤비는 거냐?"

"너희들이 누군데?"

"우린 하북팽가의 무인이다!"

하북팽가. 흑수라고 모를 리 있나. 하북성에서 이름을 떨치고 있는 세가가 아닌가.

남궁세가, 제갈세가, 황보세가 등과 마찬가지로 무림에서도 인정받는 문파이기도 했다.

주위에서도 그들의 정체를 알고 술렁이고 있었다.

너무 당돌하게 행동해 뒷배가 있구나 생각했지만 설마 하북팽가의 무인일 줄은 꿈에도 몰랐던 탓이다.

주위의 반응을 보면 확실히 명성이 자자한 곳인 듯하다.

종리연도 그들이 설마 하북팽가의 사람일 줄은 몰랐기에 당황한 표정이다.

그들도 이쯤이면 흑수도 한발 물러날 거라 생각했지만, 흑수는 그게 뭐? 라는 표정이었다.

"그래서?"

"뭐?"

"그래서 어쩌라는 거냐고 물었어. 너희들이 했던 짓을 하북팽가에서 알면 아주 좋아하겠다. 당당하게 자기 문파에 먹칠을 했으니까."

흑수는 꿀릴 게 없었다. 이곳은 보는 눈이 많았다. 누가 먼저 잘못했고, 무슨 일로 이런 사태로 오게 됐는지 조사하면 나온다.

그들도 찔리는 감이 없잖아 있는지 윽! 하며 뒤로 한 발 물러났다.

새삼 주위를 둘러보니 주루 안에는 사람이 이십여 명은 넘었다. 또한 소리가 퍼졌는지 아예 밖에서 구경하는 사람들도 적잖아 있었다.

안 그래도 사람들이 많은 곳에서 일을 너무 요란하게 벌인 탓이다.

상황이 이러니 더 일을 벌이면 안 되겠다고 깨달은 듯,

무기를 허리춤에 다시 채웠다.

"네놈. 얼굴 기억했다."

적의가 가득한 얼굴로 노려보는 하북팽가의 무인. 흑수는 생글생글 웃으며 맞받아쳤다.

"오냐. 나도 네 얼굴 기억했다."

말 한마디 지지 않으려는 흑수다. 이는 그의 성격이기도 했지만, 단천수와 함께 지내면서 생긴 일종의 자존심 같은 것이기도 했다.

녀석은 똥 씹은 표정으로 기절한 자기 동료를 부축하고 주루를 나갔다. 계산을 했는지 어쩐지 모르지만, 주인장이 알아서 처리할 것이다.

가만히 차를 마시고 있던 여인이 자리에서 일어나 그의 앞에 서며 포권을 취했다.

"감사합니다, 소협."

차갑게 독설을 했던 방금 전과 다르게 너무도 깍듯이 예의를 차리는 그녀를 보자 엄청난 괴리감이 느껴졌다. 물론 표정은 여전하지만 분위기 자체는 달라졌다.

방금 전은 얼음처럼 차가운 여인이었다면, 지금은 따뜻한 봄처럼 화사해 보이는 인상이 강했다.

얼굴은 전혀 웃고 있지 않은데도 화사하게 보일 수 있다니. 묘한 괴리감이다.

'어디서 본 것 같은데?'

흑수는 자신에게 인사를 한 여인을 보며 낯이 좀 익다고 생각되었다. 분명 처음 보는 사람 같은데 어째서 낯이 익는 걸까.

그냥 기분 탓이겠거니 생각하며 방금 전 그녀가 자신을 부른 호칭을 곱씹었다.

'그런데 소협?'

흑수는 머리를 긁적였다. 무인도 아니고, 고작 대장장이인 흑수지만, 옷차림을 보니 딱 무인 같은 풍채였다.

소협 소리는 난생처음 들어봤다.

"감사 받을 일은 아닌데요."

애초에 자신에게 피해가 오지 않았더라면 옆에서 방관했을 흑수다. 감사의 인사를 받을 만한 계기도 아니었다.

"아닙니다. 도와주셨는데 응당 예를 갖춰야지요. 저는 신녀문의 백화령(帛花囹)이라고 합니다."

백화령. 외모만큼 아름다운 이름이다.

"혹 실례가 되지 않는다면 존함이나 별호를 여쭈어도 되겠습니까?"

어쩐지 자신을 너무 높이는 것 같아 괜히 부끄러워지는 흑수였다. 자신에게 이렇게 존대를 하는 건 난생처음 겪어 보는 일이었다.

"단흑수입니다. 대장장이라 별호는 없습니다."

"……대장장이요?"

백화령은 자신이 잘못 들었나 고개를 갸웃거렸다.

대장장이가 하북팽가의 무인들을 제압하다니. 누가 봐도 이상하게 생각할 일이다.

아무리 하북팽가에서 내놓은 제자라도 대장장이에게 당할 만큼 실력이 녹록지 않다.

그녀의 표정을 보고 흑수는 안 믿는 눈치라는 걸 알았다.

"못 믿으시겠지만 사실이 그렇습니다."

"알겠습니다."

본인이 아니라고 하는데 믿는 수밖에 없지 않은가.

굳이 용봉 비무 대회가 열리는 이곳에서 자신의 정체를 숨길 이유는 없어 보인다.

"이 일은 하북팽가에 정식으로 따지세요."

"저런 근본도 없는 자들 때문에 일이 커지는 건 원치 않아요."

그녀의 말에 흑수는 물론, 주위에 있던 사람들도 크게 웃었다. 할 말을 다 하는 것을 보니 너무도 통쾌했다.

제2장
용봉 비무 대회 예선전

용봉 비무 대회 개막을 알리는 폭죽이 하늘 높이 떠오르며 불꽃이 쏟아졌다.

수많은 무인들이 이 대회에서 그간 갈고닦은 실력을 뽐내고 있었다.

이번 대회에 참가하는 종리연. 흑수는 그녀가 나올 때마다 관전하면서 다른 문파의 무공들을 구경했다.

토너먼트 형식으로 진행되는 용봉 비무 대회.

'오호. 저게 진룡 무공이구나.'

흑수는 먹을 것들을 잔뜩 사 먹으며 비무를 구경 중이다. 자신의 대산도법과 달리 각 문파의 무공들은 일검에도 절

도가 있었다.

'단순무식하고 정직하게 휘두르는 대산도법이랑은 확연히 차이가 나네.'

그렇다고 해서 기가 죽거나 하지 않는 흑수였다. 무인도 아니고 대장장이라서 그런지 열등감이 느껴지지 않았다.

'나보다 약한 사람들이 대다수네.'

굳이 말로 하지는 않았지만 흑수는 솔직히 그렇게 생각했다.

남들은 역시 대단하다면서 띄워 주기 바쁜데 흑수는 오히려 그게 더 이상했다. 자신의 눈에는 거기서 거기로 보일 뿐이다.

나이에 맞지 않게 반 갑자의 내공을 갖다 보니 빚어진 일이다

예선에서 떨어지는 자와 본선에 진출하는 자. 승부가 날 때마다 각자 희비가 엇갈린다.

지는 이들은 이번을 계기로 한층 더 성숙해질 것이고, 승리한 이는 앞으로 더욱 나아갈 것이다.

그렇게 한창 대회가 무르익었을 때였다.

"설빙신녀다!"

한 사람이 그리 소리를 지르자 모든 이들의 시선이 비무장에 집중된다. 설빙신녀라 불린 자는 신녀문의 백화령이었다.

얼마 전 주루에서 만났던 백화령. 그 후 한 번도 보지 못했는데 여기서 볼 줄은 몰랐다.

'별호가 설빙신녀구나.'

굳이 눈과 얼음이 동시에 들어간 건 그만큼 차갑다는 표현일 것이다.

'독설은 몰라도 차갑다는 말은 잘 모르겠는데.'

아무래도 좋은 모습을 보였으니 그녀도 처음부터 흑수에게 차갑게 대하지는 않았을 것이다.

첫인상이 좋은 나머지 백화령은 흑수에게 차갑게 대하지 않았다.

백화령은 차갑다기보다 독설을 주로 하는 성격에 가깝다고 느끼고 있었다.

"상대는 하북팽가의 관우진이다!"

하북팽가의 관우진은 그 주루에서 백화령에게 추파를 던졌던 무인이기도 하지만, 흑수에게 얼굴을 기억했다고 말한 자였다.

백화령은 상대가 누군지 보기 무섭게 미간이 좁아졌다.

이건 또 무슨 악연인지. 흑수는 기가 막힌 듯 허허 웃었다.

"오호. 상대가 네년이었나?"

비무장에 있는 관우진은 백화령을 향해 조롱하듯 웃었다. 그녀는 인상을 구긴 채 그를 노려보고 있었다.

그녀는 그를 구더기를 보는 듯한 시선이지만, 관우진은 아랑곳하지 않고 도를 뽑아 그녀를 향해 겨누었다.

"그때의 일을 되갚아 주도록 하지."

"……."

무공은 자신이 훨씬 앞서 있을 거라는 자신감에 의기양양한 표정의 관우진이었다. 백화령은 말없이 검을 빼어 들며 전의를 다졌다.

"시작!"

시작과 함께 관우진이 먼저 그녀를 향해 달려들었다. 대지를 박차며 도를 휘두르는 관우진.

백화령은 그의 검을 옆으로 흘려보냈다. 검풍으로 인해 그녀의 머리카락이 흔들렸다. 확실히 하북팽가의 도법답게 패도가 있었다.

'관우진…… 하북팽가에서도 알아주는 제자이지만 망나니 같은 성격.'

백화령은 관우진에 대해 익히 들었다. 그는 이미 강호에 알려질 대로 알려진 자이기도 했다.

약관이 채 되기도 전에 일류의 실력으로 수많은 이들과 싸워 이겼다고 알려졌다. 무인으로서 대단하긴 하지만 행실이 좋지 않다고도 알려져 있다.

여자와 술을 엄청 밝히는 것으로도 유명하고, 별것도 아닌 일에 시비를 자주 걸기도 한다고 들었다.

그의 무인으로서의 실력이 뒷받침되어 주지 않았더라면 벌써 내쳐졌을 거란 말이 나돌고 있을 정도다.

'허나 이미 그것도 한물간 말.'

과거에는 뛰어났을지도 모르지만 지금은 딱히 뛰어난 것도 아니라고 생각했다. 오히려 지금은 재능이 아깝다는 말을 듣는 것이 관우진이다.

자신의 재능을 못 살리고 허구한 날 술만 퍼마시고 여자를 탐하니 정진이 되지 않는 것도 당연한 일이다.

끝까지 노력했으면 지금쯤 절정까지 노려 볼 실력자였을 텐데 지금은 그저 한물간 망나니일 뿐.

백화령의 움직임이 달라졌다. 검을 휘두르며 그를 몰아쳤다. 갑자기 움직임이 달라지자 관우진이 화들짝 놀라며 막기 급급해졌다.

백화령은 마치 춤을 추듯 검을 놀렸다. 사람들은 그녀의 검 시위를 보고 감탄을 금치 못했다.

"설빙신녀. 과연 겉모습만 아름다운 게 아니라 검법도 아름답구나……."

관중들은 감탄하며 그녀를 칭찬하기 일색이다. 흑수는 남아 있던 양 꼬치를 먹으며 이를 판단했다.

'아름답긴 한데…… 장미 같은 모습이지.'

아름다움에는 가시가 있는 법. 그 모습을 장미와 같다고 판단했다. 남들은 모르겠지만 흑수가 보기에 백화령의 검법은 빠르고 순식간에 제압할 수 있는 위력적인 검법이었다.

'그런데 저 검술 어디선가 본 거 같은데?'

흑수는 머릿속으로 물음표를 그리며 고민했지만 떠오르는 것이 없었다.

확실히 본 것 같다. 다만 아무리 떠올려도 잘 기억이 나질 않았다.

도무지 떠오르지 않자 그냥 기분 탓으로 생각했다.

검을 휘두르는 거야 비슷해 보이는 동작이 좀 있으니 자신이 착각한 거라고 생각했다.

그렇게 매섭게 몰아붙인 백화령은 관우진을 어느새 구석까지 몰 수 있었다. 이대로 가면 장외로 떨어질 수 있었다.

장외로 떨어지면 자연스럽게 탈락이 된다.

백화령은 이를 노리고 관우진을 장외로 떨어뜨릴 생각인 것이다.

"큭! 어디서 수작질이야!"

흥!

그가 힘차게 도를 가로로 휘둘렀다.

몸을 숙여 가로로 베어 든 그의 공격을 피했다. 그리고 열린 틈을 타 검을 찔러 들어갔다.

"어수룩해!"

허나 관우진은 이를 이미 예상하기라도 하듯 회심의 미소를 짓고 있었다. 찔러 들어오는 검을 피하고 올려 베었다.

백화령은 아슬아슬하게 이를 피하긴 했지만, 왼쪽 어깨를 베였는지 옷이 쭉 찢어졌다. 살짝 피가 배어 나왔다.

모든 이들이 숨죽여 이를 지켜보았다.

그녀는 인상을 찌푸리며 혈을 짚어 출혈을 막았다.

출혈이 심하면 당연히 온몸에 힘이 빠지고 얼마 견디지 못한다. 또 상처가 벌어질 수 있으니 더 심각한 일이 될 수도 있다. 그렇게 되면 본선에 진출해도 문제가 될 수 있다.

하지만…….

'저 구더기 같은 자에게 지고 싶지 않아.'

차라리 다른 사람에게 졌으면 졌지, 관우진에게 지는 것은 싫은 백화령.

녀석은 기세등등하게 웃으며 그녀를 바라보고 있었다. 그 표정은 마치 자신보다 아래 있는 자를 바라보는 것 같았다.

'저 높은 콧대, 꺾어 주겠어.'

백화령이 검을 움켜쥐고 절대 지지 않겠다는 듯 그를 노려본다. 그녀의 얼굴은 북해의 얼음처럼 차가웠다.

순식간에 판도를 뒤엎었다. 압도적이라는 말이 그의 머릿속에 떠오른다.

강인하고 화려하며 쾌검을 기초로 펼치는 그녀의 검은 모든 이들의 혼을 싹 빼놓았다.

비무 내내 흑수도 그녀에게서 눈을 떼지 못할 정도였다.

그녀에게 수치심을 주기 위해 옷자락을 잘라 내던 관우진은 현재 비무장 한가운데에 엎어져 있었다.

순식간에 기백이 달라지더니 자신에게 달려들던 그를 쓰러뜨린 백화령.

그녀는 상대의 방심을 유도하고 틈을 파고들어 관우진을 이 지경으로 만들었다.

찬물을 끼얹은 듯 비무 대회장은 조용했다.

설마 죽은 게 아닐까 싶을 정도로 관우진은 미동이 없었다. 심판이 조심스레 그의 상태를 확인하고 판정을 내렸다.

"신녀문의 백화령, 승리!"

만일 죽었다면 그녀의 승리가 될 수 없었다. 죽이는 것은 반칙이기 때문이다.

관전하던 사람들은 그녀가 승리하자 환성을 내질렀다. 그녀가 이기리라고 생각한 이들은 극히 적었다.

그녀는 예선에 참가한 이들을 모두 제압하고, 본선에 진출했다.

하북팽가는 관우진의 패배와 함께 축제 분위기가 식어 버렸다.

백화령의 호위무사들이 서둘러 올라와 그녀의 몸에 옷을 덮어 주었다.

이기긴 했지만 여성으로서의 수모를 당해 호위무사들의 표정은 말이 아니다.

그녀들은 엎어져 있는 관우진을 무섭게 노려보았다.

비무 중에 옷자락이 찢어지는 거야 흔한 일이다.

오히려 칼에 베이지 않은 것만 보면 다행이다.

허나 실수도 아니고, 누가 봐도 의도적으로 행한 일이라면 얘기는 달라진다.

하북팽가에서도 이 일에 대해 나중에 사과해야 할 것이리라.

백화령은 호위무사들을 데리고 비무장을 내려와 모든 이들의 시야에서 사라졌다.

"이야, 과연 대단하구만."

"아녀자가 속살이 보이는데도 신경 쓰지 않고 비무에 임하는 걸 보니 무인은 무인인가 봐. 설빙신녀란 별호를 괜히 얻은 게 아니로군."

백화령도 평소 담담한 표정과 달리 살짝 인상을 찡그리고 있었다.

멀리서 관전하고 있는 이들에게는 그것이 보이지 않겠지만, 흑수의 눈에는 바로 앞에 있는 것처럼 선명히 보였다.

이번 비무로 꽤 후끈 달아올랐다. 이번에는 수재들이 많이 모인 덕분이다.

한 경기가 끝나고, 수습을 할 동안 흑수는 비무장 근처에서 몸을 풀고 있는 종리연을 발견했다.

종리연은 진즉에 흑수를 발견하고 미소를 지으며 가볍게 손을 흔들고 있었다.

흑수도 그녀에게 화답하듯 손을 흔들어 주었다.

비무장이 어느 정도 수습되자 비무대에 이번 경기 선수들이 올라왔다.

또 여협의 등장이지만 사람들의 반응은 뜨겁다.

방금 전 백화령의 비무를 보고 여협의 출전에도 엄청난 환호를 했다. 하지만 백화령이 나왔을 때보다 환호가 적었고, 그녀를 알아보는 이들도 적었다.

아무래도 이곳의 사람들에게 종리세가는 이름도 잘 모르는 문파이기 때문이다.

이어서 비무장에 올라온 또 다른 대련자. 소소가 입고 있던 옷과 똑같은 무복의 소년이었다.

무당파의 제자다.

"무당파의 속가제자인 고진엽이다!"

무당파의 속가제자란 말에 사람들의 목소리가 그 어떤 때보다 커진다.

하북팽가, 신녀문에 이어 이번에도 이름이 알려진 문파의 제자가 나오니 당연한 반응이다.

게다가 고진엽은 상당히 앳된 얼굴이었다. 많이 쳐줘 봐야 약관 정도? 소년티가 확 드러났다.

저렇게 어린데도 이곳에 참가한다는 건 그만큼 실력을 인정받았다는 소리이기도 했다.

'음? 무당파가 여기 있다는 건 소소도 있다는 소리인가.'

흑수는 혹시나 해서 주위를 둘러보았고, 곧 소소를 볼 수 있었다.

'아, 있네.'

가까이 있었으면 소소에게 가서 반갑다고 인사할 텐데, 그녀는 완전 반대 방향에 있었다.

인파가 북적이는 이곳에서 어떻게 갈 수 없는 거리였다.

흑수는 아쉽다는 듯 입맛을 다시며 그냥 비무나 관전하기로 했다. 소소도 이곳에 있는 한 언제든 만날 수 있을 테니까.

고진엽은 무기라고 전혀 찾아볼 수 없었다. 허리춤에 그

흔한 검도 없었다.

고진엽과 종리연이 서로 포권을 쥐었다.

"광동종리가, 종리세가의 종리연입니다."

"무당파의 속가제자인 고진엽입니다."

종리연은 포권을 쥐면서 자신보다 최소 다섯 살은 어려 보이는 소년을 바라보았다. 무기도 없이 출전하니 살짝 얼떨떨한 표정이다.

그래도 아무리 어리다고 해도 방심할 수 없는 곳이 강호이다.

강호는 넓고, 고수는 많은 법이다.

'권법인가?'

검이나 도를 쓰는 게 대부분인 비무 대회인데, 무기도 없이 출전했다는 건 그만큼 권법에 조예가 깊다는 얘기도 되었다.

시작을 알리는 심판의 외침과 함께 종리연이 허리춤에서 신물을 꺼냈다.

"오오!"

관전자들이 그녀가 뽑은 신물을 보고 감탄을 아끼지 않았다.

흑수는 사람들이 검을 보고 감탄하자 속으로 웃었다.

자신이 거의 새로 만들다시피 수리한 검을 보며 사람들이 감탄하니, 마치 흑수 스스로가 칭찬을 받은 것처럼 절로 콧대가 높아지는 것 같았다.

종리연과 고진엽이 서로의 거리를 재며 틈을 살폈다.

수련하면서 권법으로 대련도 했지만 검과 권법으로 대련한 적은 없었다.

종리세가는 권법보다 검법으로 유명한 문파다.

권법으로 상대한 적도 없는데 무당파의 속가제자니 조금 위축이 되는 것 같았다.

'평소대로. 흑수 님과 대련한 대로 하자.'

그녀가 조심스럽게 그의 보폭을 살폈다.

맨손보다 검이 훨씬 우세한 건 사실이나 그건 일반인에게나 해당되는 사항이다.

강호에서는 주먹 하나도 그 어떤 무기에 버금가는 흉기가 될 수 있었다.

"흐읍!"

틈이 보이지 않자 결국 고진엽이 먼저 그녀를 향해 달려들었다. 틈이 없다면 틈을 만들 속셈인 것이다.

그가 선제공격을 하자 종리연도 가만히 있지 않았다.

가볍게 가로로 검을 휘두르자, 고진엽은 피하지 않고 팔을 원형으로 돌려 그녀의 검의 궤도를 바꿨다.

그 즉시 파고들어 오는 그의 공력을 실은 주먹. 종리연이 서둘러 일보 후퇴하여 그의 공격을 피하고 다시 거리를 벌린 채 대치했다.

"우와아아!"

일 합을 주고받았을 뿐인데, 갑자기 환호성이 터져 나왔다.

무당파에서 내보낸 소년과 여협의 대결이라 그렇게 크게 생각하지 않았는데 긴장감이 장난이 아니었다.

'아가씨도 대단하지만 저 소년도 대단한데? 저 어린 나이에 저 정도 성취라니.'

흑수도 내심 놀라고 있었다. 나이에 비해 실력이 월등했기 때문이다. 종리연과 싸워도 저 정도라니.

몇 년 만 지나면 어지간한 강호인들은 고진엽의 주먹을 결코 쉽게 보지 못할 거란 생각이 들었다.

그녀는 조금 놀란 표정이지만 얼굴에 미소가 번지고 있었다.

검과 검끼리의 대련을 즐기던 그녀에게 권과 검은 생소한 것이다. 그러나 생소하기 때문에 재미있다고 느꼈다.

무인의 피는 속일 수 없는 모양인지 그녀는 피가 끓어오르는 걸 느끼고 있었다.

이번에는 종리연이 공격했다. 고진엽의 첫 수는 기량을 확인해 보려고 한 것이다. 그리고 그 일 합으로 서로 거의 비등한 실력이라는 걸 느꼈다.

군이 기량을 확인하고자 검을 가볍게 휘두를 생각이 없이 전력을 다하기로 했다.

고진엽은 그녀의 품에 더욱 파고들려고 하고, 종리연은 어느 정도 떨어져 휘둘렀다. 서로의 공격이 합을 이루는 동안 사람들은 더욱 환호성을 질렀다.

'이야, 이번에는 정말 볼 만한 싸움인데?'

흑수의 눈에는 둘의 움직임이 훤히 보였지만, 손에 땀을 쥐게 할 정도로 뛰어난 비무를 보여 주고 있었다.

용봉 비무 대회에서 가장 치열한 경기가 아닐까 싶었다.

서로가 검과 주먹을 주고받으면서 상처가 생겨났다.

다시 대치 상황이 이어진다.

때로는 숨 쉴 틈 없이 공방을 이어가지만 이런 대치 상황일 때는 잠깐 숨을 돌릴 시간이 났다. 그 때문인지 아무도 지루하다는 생각도 못 했다.

예선전에서 이런 명경기가 나올 줄은 아무도 예상치 못한 일이었다. 무인들에게도 여러모로 도움이 될 비무였다.

'태극 고유의 부드러움과 상대의 힘을 이용해 반격하는 태극권. 내 힘에 당하지 않도록 조심해야 한다.'

그럼 어떻게 해야 할까? 종리세가의 검법을 어떻게 구사하면 고진엽을 쓰러뜨릴 수 있을지 고심했다.

화려하고 쾌검을 구사하는 종리세가의 검법은 태극과는

상성이 맞지 않았다. 태극이 압도하고 있었다.

그나마 실력이 비슷비슷해서 이 정도지, 약간이라도 실력차가 났으면 얼마 되지 않아 종리연이 패배했을 것이다.

종리연은 슬쩍 자세를 흐트러 일부러 틈을 내보였다. 하지만 그는 달려들 생각조차 하지 않았다. 일부러 틈을 보인 것이 함정이란 걸 잘 알고 있는 눈치다.

'어린 나이에도 내게도 밀리지 않고, 방심도 하지 않는다. 신중하다.'

장기전으로 되면 자신이 불리하다는 걸 깨달은 종리연이다. 예선을 통과하기 위해서 아직 몇 번의 대결이 남아 있었다.

여기서 자신의 수를 다 보이면 자신과 대전할 상대가 미리 대비하게 될 것이다.

어떻게 할지 고민하고 있는 와중에 그녀의 눈에 흑수가 들어왔다.

흑수는 뭔가를 먹으면서 그녀의 비무를 지켜보고 있었다. 하지만 그녀는 그를 보는 것만으로 뭔가를 알아차린 얼굴이었다.

'그래, 상대가 신중한 성격이라면……'

방법은 하나, 생각할 틈도 없이 몰아치는 것. 그것에 적합한 것이 무엇인지 그녀는 잘 알고 있었다.

종리연이 슬쩍 다리를 빼며 자세를 다시 잡았다. 이번에 그녀가 잡은 자세는 종리세가에서 가르쳐 준 자세가 아니었다.

흑수는 그녀의 자세를 보고 기가 찬 표정을 지었다.

'저거 대산도법이잖아? 내 거 따라 하시네?'

딱히 기분이 나쁘거나 그런 건 없었다.

문인들이나 그렇지, 흑수는 무인이 아니기 때문에 자신의 도법을 누가 훔쳐 배운다고 해도 그냥 그러려니 할 자신이 있었다.

아니, 아예 그것이 도둑질이란 자각조차 없었다.

'뭐지? 방금 전과 자세가 다른데?'

고진엽은 그녀의 자세를 보고 지금껏 자신과 싸운 자세가 아니라는 것을 대번에 눈치챘다.

엉성하게 보이기도 하고, 삼류 무공처럼 보였다.

아무리 소규모 문파의 무공이라고 해도 삼류 무공의 틀을 벗어난다. 하지만 저것은 마치 강호에서 아무것이나 배운 삼류 무공처럼 보였다.

사실이 그러하니 그가 그렇게 느낀 것도 무리는 아니다. 다만 고진엽은 그녀가 갑자기 달라지자 무슨 꿍꿍이인지 파악하지 못했다.

'설마 저런 삼류 무공으로 날 잡겠다는 건가? 그도 아니면 날 속이기 위한 함정인가?'

머릿속이 뒤죽박죽이다. 이런 경험이 없다 보니 당연하다면 당연한 반응이다. 무엇보다 고진엽의 신중한 성격이 지금 더욱 혼란스럽게 만들고 있었다.

종리연은 이때를 틈타 그에게 달려들었다.

파팟!

옷자락이 살랑 흔들리며 그녀의 검이 빠르고 강하게 휘둘러졌다. 그녀가 휘두르는 검은 말 그대로 단순무식이란 말이 어울렸다.

'뭐, 뭐야?!'

고진엽은 방금 전과 너무 다른 모습에 당황하며 종리연의 검을 피해 뒤로 물러나기 시작했다.

빠르고 강인하게 휘둘러지는 그녀의 검은 꽤 많은 힘이 실려 있었다.

제대로 당하면 정말로 죽일 수 있을 정도로 휘두름에 망설임이 없었다.

고진엽이 뒤로 천천히 물러나면서 재빨리 그녀의 검의 흐름을 읽어 나갔다. 정직하게 휘둘러지는 검법인 데다 어딘가 맞지 않는지 상당히 조잡했다.

금방 숨을 가다듬고, 고진엽이 움직이기 시작했다.

흐름을 읽기 무섭게 고진엽은 팔을 양쪽으로 펼치더니 부드럽게 원을 그렸다.

작은 움직이지만 그것이 종리연의 검을 약간의 차이로 비켜나게 만들었다.

그가 이겼다는 듯 표정이 격양된다. 이대로 정권을 질러 그녀를 장외 시키거나 기절시킬 생각이다.

허나 종리연의 얼굴에도 미소가 피어올랐다.

이것은 그녀가 노린 점이었다.

고진엽은 확실히 어린 나이에 비해 실력이 뛰어났지만 아직 경험이 많이 부족했다.

잠깐이지만 틈이 생겼고, 정신없이 몰아친 덕분에 생각이 짧아졌다.

종리연은 찔러 들어간 검을 멈추지 않고, 오히려 그에게 더욱 파고들어 갔다.

고진엽의 주먹이 그녀의 옆구리를 스쳐 지나가고, 그 순간, 종리연이 강하게 그에게 부딪쳐 왔다.

퍽! 하는 소리와 함께 뒤로 밀려나던 고진엽은 순간 몸이 잠깐 허공에 떴다가 엉덩방아를 찧었다.

딱딱한 돌이 아닌 푹신한 느낌이 그의 엉덩이에 닿았다. 손에 풀이 닿았다. 정신을 차리고 보니, 자신은 장외에 앉아 있었다.

심판이 소리쳤다.

"종리세가의 종리연 승!"

우레와 같은 함성과 함께 박수 소리가 들려왔다. 흑수도 자리에서 일어나 같이 박수를 치며 그녀의 승리에 축하해 주었다.

종리연은 엉덩방아를 찧은 채 앉아 있는 고진엽에게 다가가며 손을 내밀었다.

"괜찮아요?"

"하하, 제가 졌습니다."

고진엽이 아쉽다는 듯 웃으며 패배를 인정했다. 패배를 했지만 그의 얼굴에도 종리연처럼 미소가 번지고 있었다.

*　　*　　*

예선은 빠르게 진행되었다.

각 문파와 검 좀 쓴다는 낭인까지 참가하는 곳이 용봉 비무 대회이다. 그러다 보니 출전자는 많을 수밖에 없었고, 빠르게 진행했다.

본선에 올라갈 사람은 적고, 출전자는 많다 보니 한 사람당 오늘 하루에 총 세 번의 비무를 해야 했다.

종리연은 운이 좋아 비무를 해야 할 상대가 부상 때문에 기권을 해 두 번의 비무로 본선에 진출했다.

그녀는 예선에서 무인들을 물리치고, 주목을 받았다. 그

녀가 빼어 든 신물은 모든 이들의 관심을 집중시켰고, 곧
별호가 생겼다.

신검여협(神劍女俠).

신검을 사용하는 그녀에게 어울리는 별호였다. 거기다
그녀가 나올 때면 사람들의 환호가 끊이질 않았는데, 매 비
무마다 뛰어난 역량을 보여 주었기 때문이다.

"아가씨, 본선 진출 축하드립니다."

거처로 돌아온 종리연은 종리세가의 무인들에게 축하의
인사를 받았다.

비무가 끝나기 무섭게 옷을 갈아입은 덕분에 종리연은
깔끔한 모습이었다.

상처가 났다고 해도 경상인 데다 옷에 가려 잘 보이지도
않았다.

"다들 고마워요."

밝게 웃으며 화답하는 종리연. 그녀는 흑수를 바라보며
고개를 숙였다.

"흑수 님. 어떠셨나요?"

손가락을 가지런히 모아 꼼지락대는 종리연. 흑수가 하
하 웃으며 비무 때 보았던 것을 감상을 말해 주었다.

"경기마다 멋진 모습이었습니다. 이번에 하남성에 오길
잘했다고 몇 번이나 생각했는지. 아가씨의 모습에 반할 뻔

했습니다. 하하하!"

뒷말은 농담이지만, 그 때문에 그녀의 얼굴이 홍당무처럼 붉어지더니 배시시 웃었다.

그 모습이 어찌나 귀여운지 깨물어 주고 싶다는 생각이 들 정도였다.

생각을 실제 행동으로 이행하는 순간 종리가와 등지게 되겠지만 말이다.

"설마 무당파하고 비무할 때 제 대산도법을 쓸 줄 몰랐지만요."

종리세가의 무인들도 어쩐지 종리세가의 검법과 다른 조악한 검법을 쓰는가 싶더니 흑수의 것이었다.

오랫동안 그와 같은 집에서 살면서 대련하니 어깨너머로 그의 무공을 쓰는 게 가능했다.

그 덕분에 이기기는 했지만 아무도 뭐라고 말하지 못하고 꿀 먹은 벙어리처럼 입을 닫았다.

"다들 왜 그러세요?"

분위기가 찬물을 끼얹은 것처럼 변하자 주위를 둘러보는 흑수. 금관지도 아무 말 못 하고 시선을 피하고 있었다.

종리연이 그를 향해 허리를 숙였다.

"흑수 님, 죄송해요!"

"예, 예? 뭐가요?"

흑수는 그녀가 대뜸 사과를 하니 깜짝 놀라 몇 발자국 뒤로 물러났다. 그녀가 자신에게 뭘 잘못했나 생각했지만 짚이는 게 없었다.

애초에 종리연이 자신에게 뭘 잘못했는지 떠올려보려고 해도 딱히 이거다 싶은 것도 없었다.

'내가 잘못한 것도 아니고 아가씨가 잘못한 걸 생각하는 이 상황은 뭐지?'

여러모로 당혹스럽지만 장난치는 분위기도 아니다. 숙연한 분위기로 다른 무인들도, 심지어 금관지도 정말 미안하다는 듯 말했다.

"허허. 미안하네. 자네에게 면목이 없네."

"그러니까 뭐가요?"

영문을 모르니 뭐냐고 물은 건데 추궁하는 걸로 이해한 듯 종리연이 여전히 고개를 푹 숙인 채였다.

"제가 흑수 님의 무공을 썼잖아요."

"그랬죠."

"그러니까 죄송해요!"

"미안하네."

이번에는 금관지도 고개를 숙여 사죄했다.

다른 누구도 아닌 종리세가의 장녀가 그의 도법을 훔쳐서 썼다는 건 사죄할 만한 일이다.

그것이 삼류 무공이라고 해도 말이다.

긁적긁적.

흑수가 머리를 긁고 있었다. 뭔가 분위기가 이상해 고개를 들자 흑수는 여전히 이해하지 못하겠다는 표정이다.

상황이 이렇게 되니 종리연이 조심스럽게 물었다.

"흑수 님. 화…… 안 나셨어요?"

"예? 제가 왜요?"

"제가 흑수 님 무공을 썼잖아요."

"그런데요?"

"다 아시는 분이 왜 화를 안 내시는 거…… 아……!"

새삼 그녀는 그가 왜 이해를 못 하는지 이해하는 동시에 그제야 흑수가 대장장이인 것을 다시 한 번 상기할 수 있었다.

자신보다 뛰어난 내력을 지녔고, 비등한 실력으로 인해 깜빡하고 있었지만, 그는 대장장이였다.

광동에서 살았기 때문에 강호에 대해 모르는 게 더 많았다.

그 때문에 무공을 남이 멋대로 훔쳐 쓴다는 게 강호에서는 얼마나 큰일인지 모르는 것이다.

금관지도 사태를 파악하고 수염을 쓰다듬으며 허허 웃으며 이렇게 된 연유를 말해 주었다.

흑수는 그의 말을 듣고 그제야 왜 종리연이 대뜸 죄송하다고 한지 이해할 수 있었다.

무슨 코미디 같은 상황에 그가 크게 웃었다.

"하하하! 그것 때문이었습니까? 전 또 저 모르게 무슨 일을 하셨나 했습니다."

"……."

상황이 이상해서 아무 말도 못 하고 창피한 듯 얼굴을 가리는 종리연. 그래도 잘못은 잘못한 거라서 일단 다시 사과했다.

"죄송해요."

"괜찮아요. 어차피 그런 거 별로 신경 안 쓰니까."

"흑수 님이 그러시면 안 된다니까요? 여기서는 화를 내셔도 할 말이 없다고요."

"그럼 정말 화내 볼까요?"

"……."

막상 화를 내겠다고 말하니 입을 굳게 닫는 종리연이다.

어린 조카를 놀리는 것 같은 기분이라 재밌게 느껴졌다.

그래도 종리연의 신분이 신분인 터라 과도한 장난은 자신에게 득 볼 게 없다 생각하고 이쯤에서 그만두기로 했다.

흑수가 어깨를 한 번 으쓱했다.

"뭐 어때요. 좋은 게 좋은 거죠. 덕분에 승리하셨잖아요."

"그래도 제가 좀 찜찜해서요……."

"전 괜찮으니까 마음 쓰실 필요 없어요. 남도 아니고 아가씨가 대산도법을 펼친 건데. 그것쯤이야 공유할 수도 있는 거죠."

그 말에 종리연의 얼굴이 지금 당장이라도 폭발할 것처럼 변했다. 금관지는 빙그레 웃더니 크게 허허허 웃었다.

'뭐야? 내가 허언이라도 했나?'

금관지가 무공을 훔쳐 배우는 게 큰지 말해 줬지만 흑수는 여전히 그 자각이 거의 없었다.

사실 지금 그가 한 말은 미래를 함께할 여인에게조차도 하기 힘든 말이었다.

종리연도 흑수가 여전히 잘 모르고 있다는 걸 알고 있었지만 그 말을 듣고 심장이 요동치고 있었다.

흑수는 어쨌든 그런 거라고 말뚝 박아 두고 그냥 이대로 끝내기로 했다.

'애초에 무공을 훔쳐 배운 건 아가씨만이 아니니까.'

산적들이 습격했을 때 해경검법을 훔쳐 썼으니 흑수도 면목없는 일이다.

그래도 강호에서 한 가지 주의해야 할 것을 알았으니 남의 무공을 훔쳐 쓰지 말자고 생각하는 흑수였다.

제3장
관우진(關雨晉)

　용봉 비무 대회의 예선전이 끝나고, 앞으로 보름 후에 본선을 치른다.

　예선에서 본선에 진출한 이들 중 부상자도 나왔기 때문도 있었지만, 예선과 다르기 때문에 무림맹에서도 준비할 게 많기 때문이었다.

　이 와중 가장 활기를 띤 것은 객잔이었다. 어지간한 객잔들은 이름 있는 세가에서 벌써 빌려 방이 남아 돌지 않았다.

　강호를 돌아다니는 떠돌이 낭인들은 질이 좋지 않은 곳에 방을 구해야 했다.

　흑수와 금관지, 총백청은 종리연과 함께 근방에서 유명

한 객잔에서 식사를 한 후, 미처 제대로 구경하지 못한 곳을 둘러보았다.

예선은 그저 맛보기일 뿐, 진짜는 본선이라고 해서 흑수가 처음 하남성에 왔을 때보다 사람들이 바글바글했다. 거리는 온통 활기로 넘쳤다.

재주꾼들이 와서 거리에서 돈을 받으며 재주를 부리고, 때로는 이야기꾼들이 강호에 한창 유행하고 있는 주제로 입담을 늘어놓고 있었다.

하남성의 낙양(洛陽)!

중국인들이 서안, 낙양, 개봉을 3대 고도라고 부르는데 낙양은 수많은 인재들을 배출하고 정치 중심지이자 문화의 중심지로 꼽히는 곳이기도 했다.

명나라가 된 이후로 수도를 옮겨 정치의 중심지에서 벗어났지만, 과거의 찬란한 문화들이 남아 있어 화려함은 여전했다.

어느새 흑수는 종리연과 함께 길을 걸으며 도시를 구경 중이다.

금관지와 총백청이 눈치를 보다가 둘이 있게 몰래 빠져 나온 것이다.

여기저기를 쉴 새 없이 돌아다니는데도 그녀는 이곳저곳에 대해 귀찮다는 기색 없이 설명해 주었다.

흑수는 길을 걷던 중 포목점이 많다는 걸 알 수 있었다. 게다가 거리를 지나가다가 의문이 들었다.

"낙양에는 부유한 사람들이 많은가요?"

"예?"

뜬금없이 부유한 사람이 많냐는 말에 종리연이 고개를 갸웃거렸다.

"여기서 비단옷을 입은 사람들이 많아서요."

광동성의 성도에서도 비단옷을 입은 사람은 그리 많이 보지 못했다.

헌데 이곳에서는 비단옷을 입은 자들이 지천에 널린 돌멩이 보듯 많았다.

일반 천 옷과는 다르게 비단옷은 부유의 상징으로도 손꼽힌다.

금의환향이라는 사자성어가 괜히 있는 게 아니다.

종리연은 그의 말에 빙그레 웃어 주었다.

"낙양은 중원에서 비단이 가장 싸거든요. 상인들이 많이 오는 이유도 그 때문이기도 하고요."

"그렇군요."

상인들이 다 그렇듯 싼값에 사들여 비싸게 판다.

확실히 작은 포목점에는 천들도 많았지만, 비단도 꽤 많이 진열되어 있었다.

"구경해 보실래요?"

"그럴까요?"

그들은 포목점으로 걸음을 옮겼다.

종리연은 익숙한 듯 비단옷을 이리저리 살펴보았다. 비단이 정말 곱고, 질이 좋다며 칭찬을 해 댔다.

매일 비단옷을 입는 종리연이라서 볼 줄 아는 것이다. 비단을 만져 본 적 없는 흑수이기 때문에 그렇구나 하고 생각할 뿐이다.

확실히 비단을 만져 보니 곱고 부드러웠으며 보기에도 꽤 예뻤다.

거칠고 별다른 특징이 없는 천 옷과는 확실히 달랐다.

괜히 사람들이 비단옷 비단옷 노래하는 게 아니었다.

종리연이 비단을 칭찬하자 기분이 좋아진 포목점 상인이 크게 웃었다.

"하하하! 아가씨가 비단을 볼 줄 아십니다!"

"과연 중원 최고의 비단이 나오는 곳은 다르네요."

"아무렴요! 낙양에서 비단은 으뜸으로 알려져 있죠. 거기다 제 가게는 최고의 비단만을 취급하고 있습니다! 아가씨에게 특별히 싼값에 드릴 테니 하나 어떠십니까?"

"감사하지만 사려고 온 게 아니에요."

"괜찮습니다. 구경만 하시고 마음에 드시면 점찍어 두셨

다가 훗날 사셔도 되는 일이니까요!"

역시 노련한 상인은 다르다.

포목점 상인은 색이 입힌 비단들을 하나씩 꺼내 그녀에게 건넸다.

"한번 만져 보십시오. 두꺼운 것과 얇은 것이 있지 않습니까?"

"예."

"두꺼운 것은 혹한에 좋고, 얇은 것은 혹서에도 끄떡없습니다. 다른 포목점에서는 안 파는 이곳만의 비단옷이지요! 그리고 말입니다……."

아주 청산유수다. 포목점 상인은 자신의 포목점의 옷감들의 장점만 콕 집어 말했다.

얇아도 아주 질기기 때문에 화살이 뚫지 못한다는 것이다.

그냥 옷만 잡아당기면 화살이 쑥 빠져나온다고 하기까지 한다.

'무슨 몽고 기병들이냐?'

비단옷이 질긴 건 알지만 이렇게 얇아서는 화살이 쉽게 뚫릴 것이다.

그것참 거짓말을 아무렇지도 않게 해 흑수는 다소 황당한 표정이었지만, 종리연은 아니었다.

'……얼굴을 보니 넘어갔네.'

그녀의 표정을 보니 '어머, 이건 꼭 사야 돼!' 라고 대놓고 드러나고 있었다.

분별력이 있는 사람인 줄 알았는데 이런 것에는 약한 모양이다.

그녀는 흑수가 말릴 틈도 없이 돈을 꺼내 비단을 구입했다.

포목점 상인은 감사하다며 하하 웃었고, 종리연은 만족한 듯 웃고 있다.

그녀는 그를 쳐다보며 묻는다.

"흑수 님은 안 사세요?"

"……"

포목점 상인의 눈빛이 이번에는 흑수로 향했다.

*　　　*　　　*

"장사하려는 건 좋은데 듣기가 힘드네요."

철은 그 누구에 뒤지지 않게 볼 줄 알지만, 비단은 아닌 흑수다.

비단이 좋은지 좋지 않은지는 자세히는 모르지만 그가 보기에 나쁘지 않았다.

그 포목점의 비단은 확실히 좋았다. 다만 상인의 과장이 너무 심했다.

더 이상 들어줄 수 없을 정도가 되자 흑수는 망설이지 않고 포목점을 나왔다.

그대로 계속 있다가는 종리연이 또 몇 개 더 살 것 같은 눈빛이었기에 거의 끌고 나오다시피 했다.

"아가씨. 상인들의 말을 너무 믿지 마세요."

"예? 하지만 이렇게 좋은데요? 방한도 뛰어나다고 했잖아요."

"그거 거짓말입니다. 물론 사실도 있겠지만 과장이 심해요."

생각이 깊은 종리연이지만, 세상 물정은 잘 모르는 그녀다.

확실히 비단의 가격은 다른 도시에 비해 매우 싼 편이지만, 흑수가 이곳저곳 돌아다녀 보니 그 포목점은 좀 비싼 편이었다.

종리연이 무가에서 자랐다고 해도 곱게 자랐다.

종리세가는 어느 정도 재력도 있기 때문인지 그녀는 금전 감각이 남들보다 떨어졌다.

흑수처럼 이곳저곳 돌아다녀 보며 조사해 보지 않고 일단 가까운 곳에서 뭔가를 고르는 일이 다반사였다.

충동구매를 하는 것도 좀 있는 것 같았다.

다른 가문의 여식들은 자신을 꾸미는 사치품에 얼마를 투자하는지 잘 모르지만, 흑수가 보기에 종리연은 좀 과한 게 있었다.

포목점에서 쓴 돈만 해도 은자 삼십 냥이다.

흑수도 그만한 돈을 쓸 재력이 충분하긴 하지만 큰돈이라는 건 잘 안다.

그녀가 품에 비단을 한 아름 소중히 품고 있는 것을 보니 한숨이 나왔다.

"흑수 님. 뭔가 굉장히 실례되는 생각을 하고 계신 거 아닌가요?"

"안 했습니다."

표정으로 드러났는지 종리연이 불편하다는 표정으로 그를 응시하고 있었다. 흑수는 아무것도 아닌 척하며 은근슬쩍 말을 돌렸다. 마침 배가 출출한 참이었다.

"배가 고프네요."

아직 날은 밝지만 저녁을 먹을 시간이 된 모양이었다. 그러고 보니 많은 사람들이 객잔에 들어가는 모습이 보였다.

꼬륵—

흑수만 아니라 종리연의 배에서도 들렸다. 아주 작은 소리지만 감각이 예민해진 흑수의 귀에는 톡톡히 들렸다.

그녀는 혹시 자신의 배에서 나는 소리가 그에게 들렸나

살짝 눈치를 보고 있었다.

확실히 귀에 들리긴 했지만 그는 못 들은 척하며 물었다.

"아가씨, 같이 식사하실래요? 이번에는 제가 살게요."

"둘이서요?"

"금 장로님과 총 무사님이 안 계신데 어쩔 수 없죠, 뭐."

어차피 남의 시선도 별로 신경 안 쓰는 흑수다.

이렇게 단둘이서 식사를 하니 종리연은 살짝 부끄러운 듯 손을 뺨에 대며 얼굴의 열을 식혔다.

흑수는 그녀의 모습을 보고 속으로 웃었다.

'나 참. 별의 것으로 다 신경 쓰시네. 이곳의 가치관대로라면 어쩔 수 없지만.'

애초에 그가 입은 옷만 보면 종리연의 호위무사 정도로만 인식될 정도다. 딱히 남의 눈에 띄어도 관계없을 것이다.

"불편하시면 전각에 돌아가서……."

"아, 아뇨! 괜찮아요. 전 괜찮아요!"

괜찮다는 말을 괜히 두 번 말하면서 얼른 주변 식당에 들어가자고 하는 종리연.

흑수는 알겠다는 듯 고개를 주억이며 주변을 둘러보다가 한 주루에 들어갔다.

제일루보다 규모도 작고, 음식도 얼마 없는 것 같지만 그래도 사람들로 붐볐다. 그들이 안으로 들어서자 점소이가 헐레벌떡 달려왔다.

"어서 오십시오, 두 분이십니까?"

그가 고개를 한 번 끄덕였다.

"자리 있습니까?"

"물론이지요. 제가 자리를 안내해드리겠습니다."

그들이 들어오자 사람들의 시선이 전부 종리연에게로 향했다.

이번 용봉 비무 대회 예선전 때 그녀의 무공은 관중들의 시선을 한 몸에 받았다.

그 덕분에 그녀는 순식간에 유명인이 되어 버렸다.

"신검여협이다."

"이야, 신검여협을 이렇게 가까이에서 보다니. 오늘 횡재했구만. 강호오미에 비견될 미인이군!"

"자네는 강호오미 중 한 명도 본 적 없으면서 말은 잘하는군."

어떤 사람들은 서로 작게 얘기했다.

칭찬하는 말이지만 당사자를 너무 띄워 주니 부끄러울 얘기다.

종리연도 그들이 대화하는 것을 들었는지 고개를 푹 숙인 채 점소이에게 자리를 안내받았다.

"남들이 절 알아본다는 게 상당히 부끄럽네요."

흑수도 광동제일의 명장님이니 뭐니 들은 적이 있어 그 기분을 십분 이해할 수 있었다.

강호는 별호 하나에 목숨을 건다는 말이 있을 정도니 무인인 그녀에게 생겨서 나쁠 건 없어 보였다.

"익숙해지면 괜찮아지실 겁니다."

할 수 있는 말은 이것밖에 없었다. 그렇게 점소이가 안내해 준 자리로 향하자, 문득 그의 눈에 익숙한 이들을 볼 수 있었다.

"어……?"

"흑수 오빠?"

바로 소소와 고진엽이었다.

고진엽은 종리연을 보고 놀랐고, 소소는 흑수를 보고 놀랐다.

그녀의 얼굴에 미소가 만개하더니 그에게 안겨들었다.

"흑수 오빠다!"

"소소야, 보는 사람들 많은데 오해할 짓 하지 마!"

가슴팍에 말랑말랑한 두 개의 무언가가 닿아 얼굴이 붉어진 흑수.

그가 떨어뜨리려고 할수록 소소는 더욱 매달렸다.

고진엽은 그런 소소의 모습을 보고 멍한 표정을 짓고 있었다.

소소와 지내면서 난생처음 보는 모습인 것 같았다.

"……?!"

갑작스러운 일에 종리연이 입을 떡 벌리며 당황했다.

그때 소소는 씨익 웃으며 그녀를 도발적으로 바라보자 순간 종리연의 인상이 확 구겨졌다.

그들은 서로를 노려보며 눈빛으로 대화하고 있었다.

'지금 뭐하는 짓이죠?'

'뭐하는 짓이라니요. 친한 동네 오빠를 만나서 반가워서 이러는 건데.'

'떨어지시죠?'

'싫은데요~?'

전음도 날리지 않고 고작 노려보는 것이지만 서로가 무슨 말을 하는지 알겠다는 듯 보였다.

흑수는 무슨 일이 일어난 것인지도 모른 채 등줄기에 식은땀이 맺히고 있었다.

딱히 나쁜 기분은 아니지만 소소의 주위 시선을 위해서 흑수는 그녀를 간신히 떼어 놓았다.

"저…… 합석하시겠습니까?"

자리를 안내하던 점소이가 어떻게 해야 할지 난감한 표정을 짓고 있었다.

흑수는 종리연을 바라보았다.

자신이 저녁을 사겠다고 데리고 왔는데 상황이 이렇게 되니 슬슬 눈치가 보였다.

그녀의 입장에서는 대단히 실례되는 일일 수도 있었다.

소소는 장난기 어린 표정으로 그녀에게 물었다.

"아가씨, 같이 합석하시죠? 오랜만에 만났는데 회포도 풀어야죠."

"흑수 님이 그러신다고 하면요."

종리연의 분위기가 심상치 않았다.

합석하자고 하면 뒤끝이 좋지 않을 것 같은 예감이 엄습했다. 하지만 소소는 막무가내로 그를 끌어당겼다.

"뭐해, 흑수 오빠. 앉지 않고. 오랜만에 만났는데 이대로 그냥 갈 거야?"

어떻게 할지 고민할 틈도 없이 그를 강제로 앉히는 소소였다.

종리연의 눈매가 날카롭게 변한다.

등줄기에서는 식은땀이 폭포수처럼 흘러내리는 것 같았다.

그녀는 소소를 잔뜩 노려보면서 흑수의 옆자리에 앉았다.

틈에 끼어 있는 흑수와 그들의 사이를 모르는 고진엽은 어떻게 해야 할지 모른 채 가만히 앉아 눈치를 볼 뿐이다.

"저, 저…… 식사는 무엇으로……."

눈치를 보는 것은 점소이도 마찬가지였다.

소소가 조장한 분위기 때문에 흉흉한 기운이 감도는데, 주문은 받아야 하니 힘들게 입을 열었다.

흑수는 맛있는 걸로 알아서 달라고 주문하고, 점소이는 알겠다며 후다닥 도망치듯 주방으로 달려갔다.

한동안의 침묵이 이어지자, 고진엽이 조심스럽게 물었다.

"저…… 사저. 이분은 누구……?"

"아, 소개할게. 내가 살던 동네에서 친했던 오빠야."

흑수가 자리에서 일어나 자신을 소개했다.

"광동성 구포현의 작은 대장간을 운영하고 있는 대장장이, 단흑수라고 합니다."

"아! 광동성 제일의 명장!"

이미 소문이 무당에까지 퍼진 모양인지, 고집엽도 흑수에 대해 알고 있었다.

흑수는 멋쩍은 듯 뺨을 긁적였다.

고진엽도 자리에서 일어나며 자신을 소개했다.

"무당파의 속가제자, 고진엽이라고 합니다. 소소 사저께 얘기 많이 들었습니다, 명장님."

"그냥 이름으로 불러 주세요."

명장님이라 불리는 것은 여전히 불편했다.

흑수가 이름으로 불리 달라 요청하자 그가 고개를 끄덕였다.

"그럼 형이라고 부르면 되겠습니까?"

"……형?"

흑수 님도 아니고 형이라고 부르겠다고 하자 멍한 표정을 짓는 흑수.

그러자 고진엽이 살짝 소소의 눈치를 보았다.

소소는 딱히 신경 쓰는 기색이 아니었지만 혹시 모르는 일이다. 그는 기어가는 목소리로 대답했다.

"소소 사저는 제게 친누이와 같은 존재이십니다. 소소 사저의 오빠와 같은 존재이니 그리 부르는 건데 혹여 불편하시면……."

"아니, 그렇게 부르세요. 하하하!"

설마 형이라고 불릴 줄은 몰랐기에 만족스러운 표정이 된 흑수였다.

동네에서도 또래의 남자와 친한 사람은 딱히 없었다.

얼굴과 이름 정도는 알고 있지만 어릴 적부터 딱히 어울려 놀거나 하지 않아 여전히 어색한 게 남아 있었기 때문이다.

오히려 자신보다 나이가 많은 사람과 친했다.

"알겠습니다. 저보다 나이가 많으시니 편하게 부르셔도 됩니다."

"그럼 그러도록 하지."

설마 강호인 아우를 두게 될 줄은 몰라 그의 입꼬리가 올라갔다.

고진엽은 시선을 돌려 종리연에게 포권을 했다.

"종리연 님. 오늘 비무에서 한 수 배울 수 있었습니다. 감사합니다."

"아니에요. 저도 한 수 배웠어요."

종리연도 그에게 같이 포권으로 예를 갖추었다.

서로 통성명이 끝나고 음식이 나오자 분위기는 좋았지만, 서먹한 기운이 감돌았다.

그 서먹한 기운이 어디에서부터 시작하는지 굳이 깊게 생각하지 않아도 알 수 있었다.

종리연과 소소다.

그 둘은 서로 눈도 마주치지 않고 술하고 안주만 마시고 있었지만 묘한 분위기를 풍기고 있었다.

흑수는 그것 때문에 압박감을 느끼고 있었다.

술과 안주가 입으로 들어가는지 코로 들어가는지 모를 정도로 분위기가 좋지 않았다.

심지어 술은 흑수가 맛있게 마셨던 두강주가 나왔는데도 전혀 맛이 느껴지지 않았다.

서로 얘기를 하게 하려고 흑수가 분위기를 띄우려고 해

도 마찬가지다.

흑수나 고진엽과 대화는 해도, 소소와 종리연은 서로 대화를 하려 들지도 않았다.

가시방석에 앉은 기분이 이럴 것이라는 생각을 하며 결국 그도 포기하기로 했다.

좀 친하게 지냈으면 좋겠는데 어쩌다 이렇게 됐는지.

그는 속으로 깊은 한숨을 내쉬며 앞에 놓인 술잔을 기울였다.

모든 걸 내려놓으니 그제야 술맛이 느껴졌다.

처음에는 달달하고, 끝은 알싸한 맛이 입 안 가득 퍼지는 것이 딱 흑수의 입맛에 맞았다.

나중에 대장간으로 돌아갈 때 좀 사 두고 아껴 뒀다가 마시자고 생각했다.

그냥 포기하고 일단 배나 채우고 보자고 할 때였다.

"이거 신검여협과 청유심협이 아니십니까."

능글능글하고 살짝 혀가 꼬인 목소리와 함께 한 무리가 다가왔다. 종리연과 소소를 부르는 말에 다들 시선을 돌렸다.

그곳에는 하북팽가의 관우진이 이쪽으로 다가오며 의자 하나를 끌어 앉았다.

허락도 없이 합석하는 것도 이상한데 마치 친분이 있는

것처럼 행동해 황당한 표정이었다.

하필 앉아도 흑수의 옆자리였다. 술을 거나하게 마셨는지 술 냄새가 코를 찌르고 있었다.

"하북팽가의 제자께서 어인 일이십니까?"

소소가 조심스럽게 물었다.

망나니로 소문난 녀석이지만 일단 하북팽가의 제자이기 때문에 조심스럽게 말할 필요성이 있었다.

"이런 아름다우신 분들이 있는데 한번 말을 붙이고자 왔습니다."

사람이 사교적이라고 해야 할지 예의가 없다고 해야 할지.

그는 일단 예의가 없는 쪽이라고 흑수는 속으로 못 박았다.

하남성에 도착했을 때 백화령에게도 집적거리던 것을 보았기 때문이다.

그에 대한 소문은 이미 강호에 퍼질 만큼 퍼진 상황.

망나니이면서 잠재 능력이 뛰어나 하북팽가에서 내치지 못하고 있는 실정이라고 한다.

덕분에 사건 사고를 달고 다녀 최대 골칫덩이로 여겨진다고 한다.

하북팽가에서 해결할 수 있는 선을 아슬아슬하게 지키고

있지만 장로들이나 제자들은 그를 탐탁지 않게 여긴다고
들었다.

"죄송합니다. 종리와 무당에서 긴히 할 얘기가 있으니
자리를 피해 주셨으면 합니다, 소협."

종리연이 예의를 차리며 정중히 거절하자 관우진의 미간
이 잠깐 구겨졌다 다시 펴졌다. 그 모습은 누구라고 할 것
없이 다 목격했다.

"딱딱하게 구시지 마십시오. 제가 소문은 좋지 않지만
사실 소문과 다른 녀석입니다. 하하하!"

"……."

흑수는 황당해서 말이 안 나올 지경이었다.

'아니, 이미 눈치를 챘는데 계속 있겠다는 건 무슨 심보
야? 말뜻을 눈치 못 챘어도 할 얘기가 있다고 하면 물러나
야 하는 게 도리 아냐?'

무슨 이런 경우가 있냐며 황당함을 숨기지 못하는 흑수.

그런 생각을 하는 것은 흑수만이 아니었다.

그를 호위하는 호위무사들이 안절부절못하고 있었다. 그
러고 보니 전에 봤던 호위무사들이 아니었다.

저번의 일을 계기로 호위무사가 바뀐 것 같았다.

"관우진 님."

"뭐야?"

"이제 그만 돌아가는 것이 좋을 듯합니다."

호위무사들은 주위 시선을 의식하고 있었다.

주변에 있던 사람들이 뭔 일이 벌어질 것을 느꼈는지 전부 이쪽을 쳐다보고 있었다.

"지금 내가 또 자숙 기간을 갖는다고 무시하냐?"

"아, 아닙니다."

"그럼 닥치고 있어!"

호위무사들에게 하는 짓을 보고 흑수는 아예 상종하지 않는 게 답이라고 생각했다.

사람의 인격은 자신보다 낮은 지위에 있는 사람을 대할 때 확실히 알 수 있다고 한다.

안 그래도 소문이 안 좋은 관우진이라서 망나니라는 건 누구나 아는 사실이지만, 질이 더 좋지 않다는 것을 확실히 알게 되었다.

그의 경험상 이런 사람하고 엮이면 좋은 꼴 못 본다는 것을 알았다.

"자, 모두들 가자. 아가씨도 일어나시지요."

흑수가 먼저 가자고 제안하자, 관우진이 얼굴을 잔뜩 찌푸리며 그를 노려보았다.

"내가 말하는데 버릇없이 가려고 하다니. 자네는 누구지?"

입고 있는 옷을 보고 그리 높은 신분이 아니라고 생각한 관우진이 초면부터 반말을 했다. 기분은 나쁘지만 실제로 그가 신분이 높으니 어쩔 수 없이 예를 차렸다.

"단흑수입니다. 광동성의 대장간을 운영하고 있습니다."

"대장장이? 광동성이라면 중원 남쪽 끝에 위치한 곳이 아닌가? 그리 먼 곳에서 이곳까지는 어쩐 일로 왔지?"

"종리세가에 고용되어 종리연 아가씨의 검을 관리하고 있습니다."

아하, 하고 관우진이 자신의 무릎을 탁! 때렸다.

"그렇다면 자네가 소문의 광동제일의 명장인가? 생각보다 매우 젊군. 이거 몰라봐서 미안하네. 웬 듣도 보도 못한 비렁뱅이가 아름다운 아가씨들과 함께 끼어 있어서 전혀 예상치도 못했어."

"……"

흑수의 눈썹이 살짝 씰룩거렸다.

방금 그 말은 자신을 얕잡아 보고 일부러 시비를 걸려는 것이 명백하다고 생각했다.

살짝 기분이 나빠 주먹을 쥐니 종리연이 그의 팔목을 잡았다.

흑수가 뒤를 돌아보니 그녀가 하지 말라는 듯 고개를 젓고 있었다.

종리연은 흑수가 술기운에 그를 한 대 치려는 것으로 본 것이다.

관우진이 실실 웃기 시작했다.

'이런 녀석이 내 전생에서 태어났어야 하는데!'

신분 때문에 때리지도 못하고, 화도 못 내니 이가 갈리는 기분이다.

호위무사들은 관우진의 표정을 보고 더욱 안절부절못했다.

그가 이런 웃음을 지을 때마다 좋은 꼴 본 적이 없다는 걸 그들은 경험을 통해 잘 알고 있었다.

"자네에게 한 가지 의뢰를 하지. 지금 당장 종리세가의 신물과 버금가는 검을 만들어 주게나. 내 사례는 섭섭잖게 해 주겠네."

"미천한 실력인데 이리 의뢰를 해 주시는 건 감사합니다. 허나 지금은 종리세가에 고용된 상황이라 일이 끝나야 만들어드릴 수 있습니다. 죄송합니다, 소협."

소협이라고 말하는 게 이리도 껄끄러운 건 처음이다.

그래도 어쩔 수 없다. 신분으로 따지면 그가 자신보다 한참 높으니까.

똥이 더러워서 피하는 것이지, 무서워서 피하는 게 아니다.

이 정도면 예의도 차렸고, 심기를 건드릴 말도 안 했다.

자숙 기간이니 일을 이 이상 크게 벌리고 싶지 않을 거라 생각했다.

허나 그의 생각은 참으로 안이한 것이었다.

그가 그런 것이 통했다면 좋지 않은 소문이 이리 많이 퍼지지도 않았을 것이다.

망나니라는 수식어가 그에게 괜히 붙은 것이 아니었다.

"천한 대장장이 주제에 감히 내 의뢰를 거절한 것도 모자라 날 무시해? 죽고 싶나 보지?"

스릉―

검이 뽑히는 명랑한 소리가 그의 귀를 자극하는가 싶더니 그의 목 언저리에 차갑고 날카로운 것이 닿았다.

녀석은 실실 웃고 있었다.

그의 표정은 재밌는 장난감을 얻은 것 같은 꼬마의 것과 같았다.

관우진이 흑수를 손가락으로 밀었다.

새파랗게 어린놈이 신분이 자기보다 높다고 나대는 꼴을 보자니 속이 뒤틀리는 것만 같았다.

"이 미천한 대장장이가. 감히 어디서 인상을 찡그리는 거지? 죽고 싶어 환장한 모양이구나. 멀대같이 크기만 한 녀석이 뭐 덩치값도 못해?"

이건 명백한 시비다.

흑수가 그 어떤 때보다 더욱 표정이 일그러졌지만 곧 펴졌다.

'참자, 참아.'

참을 인, 참을 인.

"우와~ 무서워라. 방금 표정 뭐냐? 한 대 치려고 한 표정인데?"

'나이를 똥구멍으로 먹은 새끼.'

"표정은 지금 당장 때릴 것 같은데 왜 안 치냐? 병신 같은 새끼."

'병신은 너고.'

속에 있는 말은 하지 못하겠고, 속으로 욕하는 흑수. 그는 속으로 참을 인 자를 그리고 있었다. 그 와중 흑수가 반응이 없자 관우진이 인상을 찌푸렸다.

'이 새끼 참네? 얼마나 참을 수 있는지 보자.'

관우진은 누가 이기는지 보자며 그에게 모욕적인 말을 서슴지 않았다. 주위에 있던 사람들은 이를 지켜보고 있었다.

흑수는 그의 말을 아예 듣지도 않았다. 그러던 와중 그를 거슬리게 하는 말을 했다.

"왜 네놈의 의할아버지는 너 같은 병신 새끼를 주운 거냐?"

순간 잘 참고 있던 흑수가 움찔거렸다. 다른 것도 아니고 단천수를 언급하자 움찔한 것이다.

종리세가에 신물을 수리한 것 때문에 다른 문파에서 조사했는데, 관우진의 귀에도 그게 들어간 것이다.

그가 움찔하자 이를 집중적으로 욕했다.

"잘 뒈졌다. 네 할아버지. 그래, 늙으면 뒈져야지. 안 그래?"

욕이란 게 되도록 해서는 안 되지만 그래도 가장 하면 안 되는 욕이 있다.

부모님을 욕하는 것이다.

이곳에서 흑수를 키워 준 사람은 그 누구도 아닌 단천수이다.

어린 나이에 자신을 키워 주고, 자신을 피붙이처럼 대해 준 자다.

그 어떤 누구보다도 소중한 존재를 욕하니 그간 잘 참았던 인내심이 한계에 다다르고야 말았다.

"이 한주먹 거리도 안 되는 땅꼬마가 지금 뭐라 씨불이고 있냐?"

"흐, 흑수 님?!"

"흑수 오빠!"

설마 흑수가 반말로 그를 쏘아볼 줄 몰랐기에 종리연과

소소, 그리고 고진엽이 당황했다.

하지만 당황스러워하는 건 그들만이 아니었다. 정작 열을 낸 당사자도 마찬가지였다.

'아, 큰일 났다. 일냈어.'

강호인과 절대 엮이지 않게 조심하자고 생각하며 왔는데 결국 일을 저지르고 말았다.

단천수도 강호에 간다고 해도 절대 좋지 않은 일로 엮이면 안 된다고 들었는데 결국 화를 참지 못했다.

관우진은 마치 드디어 걸려들었다는 환희에 찬 표정이다.

"네놈, 죽고 싶은 모양이지?"

"……."

"그 촌구석에서 인정받는다고 강호에서도 통할 거라 기고만장한 모양인데, 큰 오산이다. 네 녀석이 지금 용서받지 못할 짓을 한 것은 알고 있나? 다른 곳도 아니고 하북팽가를 건드린 거야, 네 녀석은."

"……."

관우진도 예상은 하고 있겠지만, 그놈의 자존심이 뭐라고 죄송하다는 말이 입에서 떨어지지 않았다.

아니, 자존심이고 뭐고의 문제가 아니다. 이 녀석에게 사과하는 것은 단천수를 욕되게 만드는 것이다.

자신이 모욕당해도 참을 자신이 있지만 단천수를 욕하는

건 참을 수 없다.

그의 호흡도 거칠어지고 흥분 상태가 되자 단전이 맹렬히 회전하며 폭발할 것 같은 그의 머리를 식혀 주었다.

그 덕분인지 지금 간신히 이성을 붙들고 있었다. 결국 종리연이 나섰다.

"소협, 제가 대신해서 사과드리겠습니다. 우리 쪽에서 술에 취해 먼저 결례를 했습니다. 넓은 아량으로 용서해 주십시오."

관우진이 얼마나 높은 자리에 있는지 모르지만 하북팽가와 문제가 생길 수 있는 일이기 때문에 종리연이 고개를 숙였다.

흑수가 잘못될 수도 있지만, 그는 종리세가와 연관되어 있기 때문에 자칫 잘못하다간 하북팽가와 종리세가 간의 혈투로 번질 수도 있었다.

하북팽가의 발끝에도 못 미치는 종리세가의 입장에서는 이를 바라지 않았다.

누가 먼저 했다는 것은 중요하지 않다.

더럽고 치사해도 고개를 숙일 수밖에 없었다.

"저도 사과드려요. 제가 할 수 있는 것이라면 뭐든지 하겠어요."

소소도 가담해 그에게 고개를 숙였다. 흑수는 이를 부득

갈았다.

'이 병신 같은 놈! 미련한 놈! 생각 없는 놈!'

자기 때문에 굴욕을 참아 가며 저자세로 사과하는 그녀들을 보고 스스로를 욕했다.

그런 와중에도 고개를 숙이지 못하는 이놈의 자존심도 함께 욕했다.

"뭐든지? 오호, 뭐든지 말이지?"

관우진을 계속 바라보고 있는데, 녀석의 눈빛이 변했다.

능글맞고, 색욕에 가득 찬 그런 눈빛이다.

설마 기분 탓이겠지 생각했지만, 다음으로 그가 꺼낸 말로 자신의 생각이 옳았다는 것이 드러났다.

"좋습니다. 신검여협과 청유심협께서 그러시니 절충하지요. 그대들이 오늘 밤 저와 함께한다면 용서해 드리지요."

종리연과 소소의 눈이 화등잔만큼 커졌다.

그 말이 무얼 뜻하는지는 깊게 생각하지 않아도 알 수 있다. 주위 사람들도 그 말에 놀라고 있었다.

아무리 하북팽가의 위신을 이용해도 할 말과 하지 말아야 할 말이 있는 법이다.

지금 녀석이 술에 잔뜩 취해 있다 해도 그 도가 너무 지나쳤다.

녀석의 쓰레기 같은 말을 듣고 간신히 이성을 붙들고 있던 끈마저 끊겼다.

순간 관우진은 자신의 발이 붕 떠 있는 것을 느낄 수 있었다.

발이 닿지 않았다.

그 이유는 간단했다. 흑수가 그의 멱살을 우악스럽게 잡아 올린 것이다.

"오늘 네놈 제삿날인 줄 알아라!"

*   *   *

무림맹에서 마련해 준 하북팽가의 전각.

용봉 비무 대회에서 하북팽가의 제자들을 대표해 이곳까지 이끌어 온 주영선은 깊은 한숨을 내쉬었다.

하북팽가에서 대회에 출전한 인원은 총 네 명.

그중 그녀만 본선에 진출하고, 사제나 제자들은 예선에서 전부 탈락했다.

세가에 돌아가서 뭐라고 설명해야 할지 벌써부터 고민이 컸다.

예선에서 대전자가 걸러지는 건 늘 있는 일이지만, 하북팽가에서 단 한 명만 본선에 진출한 경우는 없었다.

자신이 우승하면 그나마 덜할지도 모르지만, 뭐라고 말

해야 할지 벌써부터 암담했다.

게다가 신녀문과 문제를 만든 관우진 때문에 골머리를 앓았다.

관우진이 사고를 일으키는 거야 하루 이틀이 아니지만 이번에는 다른 곳도 아니고 신녀문하고 문제를 일으켰다.

그것도 신녀문주의 제자인 백화령에게 말이다.

일이 크게 번지기 전에 수습해서 다행이지, 조금이라도 늦었으면 신녀문과 척을 질 뻔했다.

직접 백화령에게 찾아가 사과하느라 얼마나 힘들었는 지…….

백화령이 일을 크게 벌이고 싶지 않으니 자신에게 접근하지 않겠다고 약조하면 이대로 덮겠다고 한 덕분에 원만하게 끝낼 수 있었다.

행실이 나쁜 사제 때문에 이리저리 고생하는 그녀였다.

그녀가 만일 그 일을 마음에 담아 두었다면 하북팽가의 위신은 상상할 수 없을 정도로 추락했을 것이다.

위신을 크게 떨어뜨리지 않은 것은 다행이지만, 전체적으로 보면 자랑할 만한 일은 아니기 때문에 이대로 입을 다물기로 했다.

"너무 심려 마세요, 영선 사저. 일단 일 하나를 해결했잖아요."

지금 당장 눈물을 흘릴 것 같은 그녀를 곁에서 같이 고생을 하며 위로해 주는 건 우소연밖에 없었다.

성격도 맞고 어렸을 적부터 서로 의지하며 견딘 덕분에 서로의 관계가 끈끈한 두 사람이다.

지금 이 상황에서도 어딘가에서 술이나 퍼마시고 있을 관우진을 생각하면 몇 대 때려 줘도 분이 풀리지 않겠지만, 별수 있나.

스승의 말조차 귓등으로 알아듣는 녀석이 사저의 말을 듣겠는가.

그 빌어먹을 재능 때문에 여전히 하북팽가에 머물고 있다고 생각하면 억울해 미칠 것 같았다.

"엉엉, 소연 사매! 나 사매가 없었으면 벌써 화병으로 죽었을 거야. 아니면 혀를 콱 깨물었거나."

"같이 힘내요, 사저. 우진이도 분명 언젠가 정신 차릴 날이 올 거예요."

그 날이 과연 올까는 의문이지만 실낱같은 희망에 걸어보기로 했다. 완전히 포기 상태라서 그가 뭘 하든 신기하지도 않았다.

"영선 사저! 영선 사저!!"

관우진과 우소연의 동문인 채우돈이 헐레벌떡 뛰어와 문을 벌컥 열었다.

어찌나 급히 뛰어왔는지 그의 이마에는 벌써 땀이 송골송골 맺혀 있었다.

"무슨 일이야? 우돈 사제. 뭐가 그렇게 급하기에 날 애타게 불러?"

주영선은 급히 뛰어온 그를 보며 문득 불안감이 엄습했다.

이 불안감은 자신만 그런 것이 아니었다. 우소연도 그녀와 같은 심정이었다. 그녀들은 서로를 바라보며 눈빛으로 대화했다.

'설마 관우진 그놈이 사고 친 건 아니겠지?'

'에이, 설마요. 분명 다른 일일 거예요.'

'그렇겠지? 그놈이 아무리 망나니여도 설마 자숙 기간에 사고 치겠어?'

그런데 왜 자꾸 불안한지 모르겠다.

'설마 아니겠지.'

'그래, 요즘 예민해져서 그런 거야. 설마 벌써 사고를 치겠어?'

이것이 그들이 생각하는 공통적인 생각이었다.

이번에는 자숙기간도 갖는 만큼 얌전히 있겠지 생각하며 믿기로 했다. 하지만 그 믿음은 배신당했다.

"관우진 그놈이 이번에는 대장장이한테 시비를 걸어서 싸움 났습니다!"

그 말을 듣는 순간 주영선이 자리에서 벌떡 일어나며 눈깔이 뒤집혔다.

아니길 빌었는데 맞았다. 이번에는 도저히 용납할 수 없었다.

"관우진! 이놈이 이제 만만한 대장장이한테 시비를 걸어? 안내해!"

제4장
묘수신장(妙手神匠)

　흑수는 녀석의 멱살을 붙잡고 주루 밖까지 끌어내 땅바
닥에 내동댕이쳤다.

　흑수는 더 이상 참지 않았다.

　"별것도 아닌 새끼가 까불어? 너 오늘 날 제대로 잡은
줄 알아라."

　갑자기 큰소리가 들리자 길을 걷던 사람들이 일제히 이
쪽으로 시선을 향하면서 순식간에 몰려들었다.

　불구경 다음으로 재밌는 게 싸움 구경이라고 했던가.

　무슨 상황인지 잘 모르지만 일단 싸움이 벌어졌으니 구
경하려고 북새통을 이르게 되었다.

순식간에 길바닥에 나뒹굴게 된 관우진은 정신이 말짱해지는 것 같았다.

"이 자식……!"

사람들이 돌아다니는 길거리에서 굴욕을 당하자 열이 확 올라온 녀석이 득달같이 달려들었다.

확실히 무공에 재능이 있긴 있는지, 단순한 주먹질에도 내력이 실려 있었다.

급소를 때리면 능히 한 사람을 죽음에 이르게 할 수 있을 정도의 위력이지만, 내력은 흑수가 더 높았다.

그는 오행진기를 끌어올려 녀석의 공격을 막았다.

"뭐, 뭣?!"

설마 내력이 실린 주먹을 막을 줄 몰랐는지 관우진의 얼굴에 당혹감이 서려 있었다.

죽일 생각은 없었긴 하지만 무공을 배운 자라도 막으면 팔이 부러질 정도의 기운이다. 그것을 멀쩡히 막아 낸 것이다.

흑수는 말없이 녀석에게 똑같이 주먹을 날렸다. 다만 그는 가볍게 잽을 날렸을 뿐이다.

퍽! 퍽!

시원스러운 소리가 녀석의 얼굴에서부터 들려왔다. 술기운이 남아 있는 관우진이 흑수를 어떻게 할 수 없었다.

관우진은 어떻게든 저항해 보겠다고 주먹을 이리저리 휘둘렀지만, 흑수는 가볍게 그 공격을 피하거나 흘려보내며 계속 빈틈을 노렸다.

그는 복싱 자세를 취하며 녀석의 얼굴과 몸통에 주먹을 꽂았다.

녀석의 발차기가 날아올 때는 일보 뒤로 후퇴해 몸을 팽이처럼 회전시켜 뒤돌려 차기를 날렸다.

관우진이 황급히 팔을 들어 뒤돌려 차기를 막아냈지만, 통증이 만만치 않았다.

흑수는 전생에서 복싱, 태권도 등 배울 수 있는 무술은 다 배웠다.

살상을 위한 무술을 가르치는 이곳에 비하면 형편없을지도 모르지만, 이런 길거리 싸움에 휘말렸을 때는 스포츠용 무술로도 충분했다.

흑수는 이번에는 뒤차기로 녀석을 쓰러뜨렸다. 또다시 길바닥에 나뒹굴었다.

관우진은 배를 부여잡으며 신음했다.

"과, 관우진 님!"

"저리 꺼져!"

호위무사들이 그에게 다가가 부축하려고 하자 신경질적으로 밀쳐 버리고는 코를 옷소매로 슥 닦았다.

피가 묻어나오고 있었다.

술에 취했을 때부터 옷이 단정하지 않았지만 지금은 흙
먼지가 잔뜩 묻어 훨씬 더 형편없어졌다.

입 안에서는 비릿한 피 맛이 퍼져 있었다.

퉤! 하고 입에서 침을 뱉으니 침과 함께 피가 섞여 나왔다.

관우진이 자리에서 일어나며 그를 당장 죽일 듯이 노려
보았다.

한 대라도 맞을 법한데 아무리 팔을 휘두르고 발차기를
해도 흑수는 절대 맞지 않았다.

오히려 자신보다 훨씬 나은 동작으로 다 피하고, 빈틈을
계속 노렸다.

그것이 관우진을 더욱 흥분케 했다.

미천한 대장장이 따위가 자신을 이 지경까지 만들었다는
것에 대해 분노가 치밀어 올랐다.

'반드시 죽인다!'

그의 눈빛에 살심으로 번들거렸다.

자신의 검은 녀석이 멱살을 잡았을 때 깜짝 놀라 놓쳤기
때문에 호위무사가 가지고 있던 검을 빼앗았다.

술기운이 완전히 달아났지만 이번에는 흥분이 그의 이성
을 흐릿하게 했다.

"죽어!"

관우진은 흑수를 향해 달려들며 검을 휘둘렀다.

흑수는 검을 뽑을까 말까 생각하다가 굳이 뽑을 필요도 없는 피라미라는 것을 느꼈다.

휘두르는 모양새를 보니 주먹다짐은 재능이 없지만 검을 휘두르는 것만큼은 일품이다. 허나 밋밋하다.

차라리 종리연이 휘두르는 게 더 위협적으로 느껴질 정도다.

게다가 녀석의 검이 너무 느릿느릿해 흑수는 여유롭게 피하며 빈틈을 집요하게 노렸다.

굳이 도를 꺼낼 필요도 없을 정도로 형편없다는 생각이 들었다.

재능이 있고, 하북팽가의 전통 무공을 익혔다 하더라도 스스로의 발전을 안 하는 녀석에게 흑수가 질 리가 없었다.

퍼억!

"크억!"

흑수의 주먹이 그의 턱에 꽂혔다.

관우진의 몸이 부유하며 다시 길바닥에 엎어졌다.

녀석이 호위무사에게서 빼앗은 검이 땅바닥에 아무렇게나 나뒹굴었다.

이번에는 턱에 제대로 꽂혔는지 관우진이 일어나질 못하고 있었다.

골이 흔들려 주변이 어지럽게 느껴졌다. 머리는 얼른 일어나라고 하는데, 몸이 말을 듣지 않는 상황이었다.

흑수는 저런 잔챙이가 자신을 그렇게 모욕한 것을 떠올리자 열이 확 뻗치는 것 같았다.

이런 녀석 때문에 종리연과 소소가 고개를 숙이고, 고인이 된 단천수도 모욕을 들었다.

게다가 이 녀석은 검까지 뽑아 자신에게 휘두르기까지 했다.

관우진은 누가 보더라도 그에게 죽어도 할 말이 없는 상황이다.

흑수가 녀석이 놓친 검을 들었다.

'강호는 약육강식의 세계라고 했지?'

강한 자가 약한 자를 잡아먹고, 살아남는 곳.

그곳이 강호다. 또한 사소한 일로도 죽고 죽이는 일이 비일비재한 곳이기도 하다.

슬금슬금 그의 눈빛도 점점 살심으로 일렁이기 시작했다.

산적이 마을을 습격했을 때 사람을 죽인 경험 때문인지 사람을 죽이겠다는 것이 아무렇지 않게 생각되었다.

호위무사들이 그의 생각을 읽었는지 그 순간 관우진의 앞에 서서 그의 앞길을 막았다.

아무리 술에 취하고, 흥분했던 관우진이라고 하지만 그를 이토록 압도할 수 있는 자는 많지 않았다.

"비켜."

비키지 않으면 죽이겠다는 경고다. 하지만 호위무사들은 전혀 비킬 생각이 없었다.

죽음에 대한 두려움이 없는 게 아니다. 몸이 사시나무처럼 벌벌 떨고 있다.

다만 자신들의 임무가 관우진을 호위하는 것이다. 감시라는 명목이지만 본질적인 임무로는 호위였다.

"흑수 님!"

"흑수 오빠!"

종리연과 소소가 다급히 흑수를 불렀지만 살심으로 가득한 그의 귀에 닿지 않았다. 이제 피가 흩뿌려지게 될 거라고 구경꾼들이 생각하던 찰나였다.

"잠깐!"

구경꾼들을 뛰어넘어 흑수의 앞을 막는 무리가 나타났다.

흑수는 그들이 하북팽가의 사람이라는 것을 어렵지 않게 알 수 있었다.

관우진과 같은 무복을 입고 있었기 때문이다.

여자가 둘, 남자가 하나다. 가운데에 있는 여성은 20대 후반 정도로 보였다.

'나와 엇비슷하거나, 조금 더 강하군.'

정확한 실력은 붙어봐야 알겠지만 느껴지는 것만으로 그런 생각이 들었다.

흑수가 보기에 그녀가 이들 중 가장 무공이 뛰어난 것 같았다. 그녀가 손을 모아 그를 향해 포권을 했다.

"하북팽가의 주영선이라고 합니다, 소협. 이 이상 일을 크게 벌리고 싶지 않습니다. 제 사제가 한 일에 대해서 제가 대신 사과할 테니 용서해 주시겠습니까?"

"저 녀석은 칼을 들이대면서 제 일행에게 하룻밤을 달라고 요구하고, 고인이 되신 내 할아버지를 욕했는데?"

확실히 심하다. 솔직히 죽어도 할 말이 없는 상황이다. 그리고 그들의 눈에 흑수의 옆에 있는 여인 두 명을 발견할 수 있었다.

종리연과 소소가 들어왔다.

예선전에서 신검을 휘둘러 멋진 비무를 보여 준 종리연은 신검여협이라는 별호를 얻고 유명세를 탔다.

소소도 예선전에 참가해 뛰어난 기량을 보여 주었으며 청유심협이라는 별호도 가지고 있다. 모든 게 다 문제가 있지만, 그는 문제를 엄청 키웠다.

'이, 미친 새끼! 종리세가와 무당파까지 건드리려고 했어?'

아무리 이름이 알려지지 않은 곳이라지만 종리세가는 광동성의 실세나 다름없는 문파다. 무당파는 구파일방 중 하나이며 그 위세는 당연히 말할 것도 없었다.

이 일이 다른 곳까지 퍼지는 건 금방일 것이다.

종리세가와 무당파에서 정식으로 항의하면 하북팽가의 명예가 실추되는 것으로 끝나지 않는다.

하북팽가를 좋지 않게 여기던 다른 문파에서 이로 인해 세력을 약화시킬 기회로 삼을 수도 있었다.

일의 심각성이 그 어떤 때보다도 심했다. 자신의 선에서 절대 끝날 수 없는 일이다.

생각보다 일을 크게 벌여 놓아 주영선의 얼굴이 붉으락 푸르락 수시로 변했다.

"게다가 당사자는 사과할 생각도 없어 보이고 말이지."

누운 채로 여전히 자신을 살기로 가득한 눈빛으로 노려보는 관우진. 이런 상황에서 쉽게 용서가 될 리가 없었다.

"……할 말이 없습니다. 그저 넓은 아량에 용서를 구할 뿐입니다."

"하북팽가의 채우돈입니다. 동문이 일으킨 일에 저도 대신 사과드리겠습니다."

"하북팽가의 우소연입니다. 마찬가지로 소협께 폐를 끼쳐 사과드립니다."

"당사자가 먼저 사과하기 전까지는 용서할 생각은 없는데."

정작 당사자는 사과할 생각이 없어 보였다.

"……하북팽가에서 할 수 있는 모든 조치를 취하겠습니다."

"그리고 이대로 그냥 쉬쉬하려고?"

심하게 과장된 것도 있겠지만 이미 강호에는 관우진에 대한 악행이 퍼진 상황.

이건 좀 아니다 싶은 일도 몇 개 있는데 아직도 파문당하지 않은 것은 그의 재능을 높이 사서다.

이런 심각한 일로 또 쉬쉬 넘어갈 확률이 아주 없는 게 아니다.

그러나 최소한 주영선은 무릎을 꿇고 사죄하라고 하면 정말로 할 기세였다. 이들의 모습을 보니 점점 마음이 약해지는 흑수였다.

살심으로 가득한 때였으면 어림도 없었겠지만, 시간이 지나다 보니 자연스럽게 살심이 누그러졌다.

살심이 누그러지고, 정신을 차리니 종리연과 소소가 그에게 다가와 팔을 붙잡고 있는 것을 볼 수 있었다. 여차하면 말릴 생각이었던 것이다.

흑수는 그녀들에게 미안하다는 생각이 들었다.

그가 맞을 짓은 했어도 죽을 짓을 한 건 아니다.

애초에 지금 녀석이 벌인 일은 쉬쉬할 수 없을 정도로 심각한 일이다.

자신이 굳이 나서지 않아도 눈덩이처럼 불어날 것이다.

흑수는 숨을 크게 내쉬며 이 정도면 됐다고 스스로 생각하고 검을 거꾸로 쥐고 땅 깊숙이 박았다.

완전히 이성을 차린 흑수는 화가 가시지 않아 했던 반말 대신 평소의 존댓말이 나왔다.

"좋습니다. 이대로 끝내기로 하죠."

"감사합니다, 소협."

"하지만 그가 벌인 일에 대한 정당한 처벌을 원합니다."

"물론입니다."

주영선은 안 그래도 그럴 생각이었다. 사안이 사안인 만큼 이대로 덮기는 무리였다. 자신이 해결할 수 있는 선을 넘고도 한참 넘었다.

흑수는 몸을 획 돌려 군중들 사이를 빠져나갔다. 주영선은 그가 시야에서 사라질 때까지 가만히 있다가 관우진을 향해 고개를 돌려 노려보았다.

그녀의 눈빛에 주눅이 든 관우진이 시선을 피했다.

*   *   *

"내가 너에게 이번을 마지막으로 자숙하라고 했건만 그 새 참지 못해 또 사고를 치다니."

"사, 사저. 죄송합니다. 제가 워낙 취해 있었기 때문에…… 이번에는 제 잘못이 아니라, 그 녀석이 먼저 제게 대들었습니다!"

뻔뻔하기 짝이 없는 행태다.

"싹싹 빌어도 안 될 판에 먼저 대들었다고? 네가 무슨 일을 벌였는지 내가 다 들었는데도 얼굴에 철판 깔고 거짓말을 해? 이번만큼은 절대 쉬쉬하지 않을 것이니 그리 알아라!"

"사, 사저! 용서해 주십시오! 제가 정말 잘못했습니다."

관우진은 체면이고 뭐고 그녀에게 싹싹 빌었다. 하지만 이런 모습은 이미 익숙하다.

이때만 용서를 빌고 또 얼마 가지 않아 사고를 칠 게 분명하다.

이런 모습 때문에 마음이 약해졌던 게 한두 번이 아니다. 허나 이제는 용서할 수가 없었다.

이번에야말로 이 녀석의 질 나쁜 버릇을 단단히 고쳐 주겠다고 마음먹었다.

그간의 정 때문에 이 녀석이 쫓겨날 일도 몇 번 덮어 준 적이 있다. 허나 이제는 다르다. 이 녀석은 사람의 마음을 이용해 더 심한 일을 할 것이다.

이번에는 쫓겨나든 말든 신경 쓰지 않기로 했다.

관우진의 행태에 몹시 불편해하던 장로들도 이를 바득바득 갈고 있는 상황이다.

녀석을 데리고 있는 게 오히려 하북팽가에 독이 된다는 걸 강력하게 주장할 생각이다.

"영선 사저. 그냥 각서를 받는 것이 어떨지요? 이번에 우진이도 크게 반성하고 있을 겁니다."

그의 모습에 마음이 약해졌는지 우소연과 채우돈이 또 관우진의 편을 들어 주었다.

이에 관우진의 표정이 비 맞은 강아지 같이 변했다.

동정심을 유발하는 그 표정은 우진의 재능이라면 재능이었다.

평소 같았으면 이쯤에서 주영선도 마음이 약해졌겠지만 이번에는 절대 참지 않기로 했다.

"동문이라고 감싸는 것은 그만해, 소연 사매. 우돈 사제도 마찬가지야. 이번에는 이 녀석이 정신을 차리게 만들어 주겠어."

그녀의 단호한 말에 평소와 다른 모습이라고 생각했다.

그 대장장이의 말을 들으니 녀석이 자신들을 이용할 대

로 이용하고 있다는 게 보였기 때문이다. 여태껏 너무 어리석었다.

혼을 낼 때는 확실히 혼냈어야 했는데, 너무 오냐오냐해 줬다. 게다가 잘못된 길을 가고 있어도 윗사람들이 놔두라고 해서 이 지경까지 온 것이다. 이에 대한 책임은 자신에게 있다.

너무 감싸 주고 아껴 주기만 하니 남에게 받는 법만 알지, 주는 법을 모른다.

잘못을 저지르면 그에 대한 책임이 따른다는 것도 이번에야말로 알려 줄 필요성이 있다.

"소연 사매, 지금 당장 이 녀석이 이번에 벌인 일을 전부 다 본가에 전언을 날려."

"사, 사저!"

다들 그녀가 이번에야말로 마음을 단단히 먹은 것을 알고 깜짝 놀랐다.

"못 하겠어? 그럼 내가 할 거야."

"여, 영선 사저. 잘못했습니다! 그러니 이번 한 번만 제발……!"

"너의 입에서 이번 한 번만이라는 말을 내가 몇 번이나 들은지 모르겠다."

그 말을 남기고 주영선이 밖으로 나가자 관우진이 뒤따

라가며 애걸복걸한다. 하지만 이미 마음을 먹은 그녀는 멈출 기미가 보이지 않았다.

*　　*　　*

하북팽가에서 일방적으로 당하기만 한 관우진을 데리고 가자 군중들도 제 갈 길을 갔다.

목격자가 꽤 많은 이상 관우진은 처벌을 달게 받을 것이라는 말이 오갔다.

그 누구도 관우진의 편을 드는 사람이 없었다. 오히려 흑수를 칭찬했다.

말을 조심해야 하기 때문에 대놓고 말하지 않고 있지만 저런 버릇없는 녀석은 저렇게 정신 차리게 만들어야 한다는 게 관중들의 의견이다.

다들 떠나고 다시 수습이 된 길거리. 하지만 그곳을 떠나지 못하는 여인들이 있었다.

여성들의 무리. 백의를 입고 심지어 호위무사도 여성들로 구성되어 있다.

신녀문의 백화령.

그녀도 이번에 흑수와 관우진이 싸우는 걸 목격한 사람 중 한 명이었다.

우연히 길을 지나다가 귀에 익은 소리가 들려 호기심에
가 봤더니 흑수와 관우진이 싸우고 있었던 것이다.

"사숙께서 간단한 조건으로 사과를 받아주셔서 좀 찜찜
했는데 이번의 일로 속이 시원하네요."

호위무사들이 호호 웃으며 관우진의 쥐어 터진 모습을
곱씹었다.

처음 만났을 때부터 마음에 들지 않았는데 이번에 된통
당한 것이다. 잠을 자다가도 생각이 나면 고소해서 웃을 자
신이 있었다.

"천벌을 받은 거지."

백화령의 말에 호위무사들이 더욱 깔깔 웃었다. 그녀들
도 같은 생각인 것이다.

"그나저나 전부터 느낀 거지만 대장장이치고 엄청 강하
네요."

"저런 실력에 대장장이라니. 아까울 정도예요."

백화령은 긍정도, 부정도 하지 않았다. 그녀는 딱히 누군
가 재능을 낭비하고 있다고 해도 크게 신경 쓰지 않는 것이
다.

어차피 대장장이로 이름을 날리고 있으니 재능을 낭비하
고 있는 것이 아니다. 그저 가는 길이 다를 뿐이다.

첫 만남 때 하북팽가의 무인과 시비에 휘말렸던 백화령.

당시 그 상황을 정리해 준 것이 흑수였다.

대장장이인데 하북팽가의 무인들을 쓰러뜨렸다는 것에 호기심이 들어 조사해 봤는데 꽤 실력이 있는 자였다.

'광동제일의 명장. 그 어떤 대장장이도 수리하지 못한 종리세가의 신물을 수리한 자.'

자신보다 나이가 엇비슷한데 저렇게 이름을 널리 떨치다니. 솔직히 믿어지지 않을 정도다.

대장장이든 무인이든 '제일'이란 단어가 가지는 의미가 얼마나 큰지 백화령은 잘 알고 있었다.

'그런데 내공도 상당한 것 같고……'

생각하면 생각할수록 모를 일이다.

대장질에도 재능이 있고, 무인의 기질까지 있다니.

알쏭달쏭하기도 하지만 호기심이 가는 것은 어쩔 수 없었다.

백화령이 이토록 남에게 호기심을 갖는 경우는 좀처럼 없기 때문에 호위무사들이 더 신났다.

드디어 남자에게 관심을 갖게 된 건가란 생각을 하고 있는 것이다.

그저 단순한 호기심일 뿐이지만, 백화령이 남자에게 호기심을 품었다는 것부터 놀랄 일이다.

"이만 가자."

그래 봤자 아직은 그저 단순한 호기심.

그저 신기할 뿐이지 깊게 생각하지 않기로 했다.

잠깐 스쳐 지나가는 사이였다고 생각하며 길을 걷는데 뭔가가 그녀의 발에 밟혔다.

그녀의 시선이 아래를 향했다.

그녀의 발밑에 있는 것은 패 같은 것이었다.

"싸우다가 떨어뜨린 건가?"

관우진이 가지고 있을 수도 있지만 흑수도 종리세가와 관계되어 있어 종리세가의 패를 가지고 있지 않을까란 생각을 했다.

관우진 것이면 다시 버리고, 종리세가의 것이면 나중에 만날 때 돌려주자고 생각했다.

그런데 그녀가 주운 패는 하북팽가의 것도 아니고, 종리세가의 것도 아니었다.

"이건……?"

평소 표정에 거의 변화가 없는 백화령.

설사 표정을 지었다 해도 미묘한 변화라 알아보기 쉽지 않던 그녀가 확연히 알 수 있을 정도로 놀라고 있었다.

자신이 보고 있는 것이 정말인지 의심할 정도였다. 그녀가 주운 패는 백화령에게는 너무도 익숙한 것이었다.

그녀는 다급히 자신의 품을 뒤져 자신의 패를 꺼냈다. 신녀문의 패. 그리고 주운 패. 오랜 세월이 지난 것처럼 보였 지만 둘 다 똑같은 것이었다.

"마, 말도 안 돼. 이걸 어째서 그가……?"

백화령 말고도 그녀의 호위무사들도 같이 놀라고 있었 다.

다들 믿어지지 않는 일에, 도대체 이게 왜 여기 있는지 이해할 수 없는 표정이었다.

그녀가 주운 것은 다름이 아닌 신녀문 문주와 연관된 사 람만이 가질 수 있는 패였기 때문이었다.

*   *   *

이튿날이 되자 흑수에 대한 소문이 하남성에 쫙 퍼졌다.

목격자도 많고 믿어지지 않는 일이다 보니 소문이 입에 서 입을 타고 빠르게 퍼진 것이다.

그 사건이 하북팽가에 알려지기 무섭게 세가에서 관우진 을 소환했다고 한다.

어떤 처벌을 받을지 모르지만 그간 쌓은 단전을 파괴하 고, 파문시킬 거란 말이 나돌았다.

아직 결정 난 건 아니지만 그가 저지른 것이 중죄였기 때 문이다.

그건 나름대로 만족스럽지만 흑수는 그 사건 때문에 최근 골머리를 앓게 되었다.

대장장이인데 관우진을 때려눕힌 덕분에 종리연보다 훨씬 더 유명해졌기 때문이다.

게다가 자신과 전혀 연이 없을 줄 알았던 별호도 붙어 버렸다

묘수신장.

그것이 현재 흑수에게 붙은 별호였다. 이곳에서는 낯선 무술인 복싱과 태권도.

그것 때문에 묘하고 손을 쓰고, 귀신같이 움직이는 장인이라고 해서 그러한 별호가 붙어 버렸다.

무인이라면 좋아할 일이겠지만, 한낱 대장장이인 흑수에게는 그리 환영할 일이 아니었다.

어찌 되었든 강호와 엮여 버렸다는 의미였으니까.

"괜히 왔어…… 하남성 괜히 왔어!"

사람이 모인 길거리에서 대놓고 그 일을 벌이니 자신을 알아보는 사람도 꽤 되었다.

"묘수신장이라. 자네에게 딱 맞는 이름 아닌가?"

정작 흑수는 별호를 얻어 곤란하다고 생각하고 있는데 금관지가 허허허 웃으며 술을 기울였다. 옆에 있는 종리연도 호호 웃고 있었다.

"어울리면 뭐합니까. 제가 원하지도 않았던 일인 것을요."

조금 생각하니 솔직히 말해 하북팽가와 척을 진 것이 아닌가란 생각이 들었다.

명백히 관우진의 잘못이긴 하지만 좋지 않은 일에 자신이 끼어 있으니 그쪽에서 보복이라도 하면 큰일이다.

"뭐, 어떤가. 이왕 이렇게 된 거 무인의 삶을 사는 것도 나쁘지 않지 않나? 정 불안하면 종리세가의 무인이 되면 되네. 내 스승이 되어 자네에게 무공을 전수해 줄 수도 있네만."

농담 반, 진담 반으로 말하는 금관지.

겸사겸사 종리연과의 관계를 추진할 수도 있으니 손해는 아니다.

오히려 종리세가의 입장에서는 매우 환영할 만한 일이다.

종리추도 분명 이를 격하게 환영하리라 생각되지만, 종리연이 옆에서 그런 말씀 마시라고 얼굴을 붉혔다.

종리연도 이제 흑수와 혼인에 대해 아주 생각이 없는 것이 아니라서 생각이 없다고 딱 잘라 말하지는 않았다.

금관지는 그녀의 반응을 보고 다시 웃다가 술잔을 내려놓았다.

"그러고 보니 자네가 잃어버린 할아버지의 유품은 찾았나?"

흑수가. 잃어버린 물건은 단천수가 가지고 있으라고 준 패였다.

그는 한숨을 내쉬며 고개를 가로저었다.

어제부터 시작해서 오늘도 오전 내내 돌아다녀 봤지만 찾을 수 없었다.

어디에서 흘렸는지 모르겠다.

싸우다가 흘린 것 같은데 관우진과 대판 싸웠던 곳에 가 봤지만 아무것도 없었다.

주루와 근방에 있는 가게에 가서 혹시 누가 패를 주워 맡기지 않았는지 물었지만 고개를 저을 뿐이다.

"어떻게 생긴 것인지만 말해 주게. 종리세가의 무인들을 풀어서라도 찾게 해 줄 터이니."

"그런 곳에 인력을 낭비할 수 있나요. 괜찮아요. 다른 곳에서 흘렸을 수도 있으니까요."

"못 찾으면 어쩌려고 그러나?"

"별수 있나요. 못 찾으면 미련 없이 포기해야죠."

어디에 쓰이는 패인지도 몰라 그저 부적 삼아 가지고 다녔던 흑수다.

단천수도 강호에 나갈 일이 생기면 혹시 필요할지도 모른다며 가지고 있으라는 말만 했을 뿐이다.

어디에 쓰이는지도 모르고, 그렇다고 지금 당장 필요하

지도 않았다.

그저 마음의 위안을 주는 것이다.

이틀간 하루 종일 돌아다녔는데 못 찾았다면 길고양이나 까마귀가 물어 갔을 수도 있다는 생각도 들었다.

비싼 것은 아니지만 번쩍번쩍해서 가지고 놀기에는 딱 좋을 테니 말이다.

"계속 찾아볼 건가?"

"예. 광동성으로 돌아가기 전까지 짧게 시간을 내서 찾아보긴 할 겁니다. 그동안 못 찾는다면…… 어차피 평생 못 찾는 것이나 다름이 없으니 미련 없이 포기하기로 하고요."

단천수가 만일 이를 지켜봤다면 성격상 고작 그런 거에 목숨을 거냐고 한심하게 바라봤을 것이다.

물건에 너무 연연하는 것도 고추 달고 태어나서 하는 짓이 못 된다고 말이다.

"그럼 나중에 저와 함께 찾아봐요."

"아가씨께 폐를 끼칠 수 없죠. 아가씨는 본선까지 열심히 수련하셔야죠."

이제 본선까지 열흘 남짓 남았다.

당연한 얘기지만 본선에 진출한 사람들에게 지금이 가장 중요한 시기이다.

종리연도 그 말을 듣고 부정을 못 하겠는지 아쉬운 소리를 내며 고개를 푹 숙였다.

금관지가 안타깝다는 듯 혀를 차며 술잔에 다시 술을 채웠다.

'에잉, 아가씨가 이렇게 적극적으로 할 정도면 한 번쯤 관심을 줄 때도 됐으면서.'

고자라거나 남색을 밝히는 것은 아닌데 철벽처럼 딱딱 막아 버리니 금관지가 못마땅한 표정을 지었다.

"아가씨. 이제 가셔야죠?"

"어딜요?"

"어디긴요. 대련장이죠. 오랜만에 같이 대련하시죠."

"하지만 유품을 찾겠다고……."

"말씀드렸잖아요. 시간을 내서 찾겠다고."

그러고 보니 그런 말을 했던 것 같았다.

그의 말뜻이 뭔지 깨닫자 종리연의 눈이 커졌다.

못마땅한 표정을 짓던 금관지도 의아한 듯 그를 바라보고 있었다.

"혹시 시간을 낸다는 건……."

"예, 아가씨와 대련을 하려고요. 저는 대련이 목적이지만, 아가씨는 수련이 되니까요."

한창 대련에 재미를 들렸는데 하도 오랫동안 대련을 하지 않아서 그런지 몸이 쑤셨다.

관우진과 싸울 때 몸은 어느 정도 풀었지만 너무 일방적으로 때리기만 해 별로 개운치 않았다.

찜찜함만 남아 있을 뿐이었다.

역시 대련이라고 한다면 모름지기 서로 땀을 흘려 가며 검을 나누고, 임기응변을 발휘해야 하지 않겠는가!

그러면서 스스로를 발전시키는 계기도 되고 말이다.

종리연이 그 어떤 때보다 환한 미소를 지었다.

"아, 그런데 연습용 대도를 안 가지고 왔는데 혹시 어디서 구할 수 있나요?"

"괜찮아요. 연습용 대도도 말만 하면 금방 구할 수 있으니까요."

"그럼 문제는 없겠죠."

길이의 차이만 있을 뿐이지, 딱히 상관없다.

도법이란 게 대도든 도든 가리지 않으니까.

'깜짝 놀라게 해 줘야지.'

산적 두목을 잡고 얻은 무신도법. 이번에 그는 무신도법을 펼쳐 그녀를 깜짝 놀라게 할 생각이다.

그들이 자리에서 일어나 대련장으로 향하고, 홀로 남게 된 금관지가 허허 웃었다.

"최소한 고자는 아니로군."

그는 흑수가 마음이 있는데 말하지 않고 대련이라는 명

목으로 함께 있으려고 하는 거라고 착각하고 있었다.

정말 대련이 하고 싶어서 그런 것이란 사실을 모르는 그는 자기 좋을 대로 생각했다.

'그래, 사내라면 아가씨에게 마음을 품을 수밖에 없겠지. 아무렴. 허허허.'

금관지가 만족스럽게 고개를 끄덕이며 기분 좋게 술잔을 기울였다.

진행은 느린 것 같지만 아가씨가 잘하고 있는 것 같아 뿌듯해졌다.

"에잉, 그런데 노인네 혼자 놔두고 그냥 둘이서 가 버리다니. 혼자 술 마시려니 쓸쓸하구만. 총 무사라도 불러서 흑수랑 아가씨 관계에 대해 깊이 얘기해 봐야겠어."

제5장
용봉 비무 대회 본선

정각 뒤편으로 이동하자 인적이 드문 곳이 나왔다.

종리연과 흑수는 이곳에서 대련을 하기로 했다.

종리연이 부탁했던 연습용 대도가 도착했다.

흑수는 연습용 대도를 들어 보고 이리저리 휘둘러보았다.

'나쁘지는 않군.'

자신이 만든 것보다 얇아 무게가 덜한 것 같지만 이 정도면 충분하다 생각했다.

몇 번 휘둘러 감을 익힌 뒤, 서로 마주 보았다.

흑수가 작게 미소를 지으며 자세를 잡았다.

종리연도 자세를 잡고 연습용 검을 쥔다.

"이번에 좀 힘들 거라 생각해요."

"저도 이곳에 있는 동안 놀기만 한 건 아니라고요. 흑수님이 저보다 내공이 있다 하여도 만만치 않을 거예요."

종리연의 경우 흑수와 대련을 하지 않으면서도 그의 도법을 연구해 대처법을 마련해 놓은 상황이다.

자신만만한 표정으로 검을 쥐고 있는 그녀의 얼굴에 미소가 떠나가질 않았다.

"아가씨가 선공하시지요."

"어머, 오랜만에 만났다고 절 무시하시는 건가요?"

"그럴 리가요."

그래도 먼저 선공을 양보했으니 그녀는 거절하지 않았다.

빠르게 대지를 박차며 그녀가 일검을 일직선으로 찌르며 파고들었다.

그녀는 검을 벌처럼 쏘았다.

자신의 장점을 더욱 높이고, 부족해 보였던 화려함과 강인함도 같이 겸비되었다.

'아니, 그 화려함 속에는 가시가 돋아 있지만.'

화려함은 단순한 눈속임. 그 화려함에 홀딱 빠져들거나, 화려함에 치중했다고 만만하게 보는 순간 그 속에 숨어 있던 가시에 찔릴 것이다.

그것이 종리세가의 검법이다.

흑수는 앞으로 일보를 내디디며 몸을 옆으로 기울여 가뿐하게 피하고, 연습용 대도를 힘껏 휘둘렀다.

가로로 휘둘러지는 검을, 그녀는 허리를 뒤로 젖혀 피하며 왼손을 땅에 짚었다.

그녀의 몸이 스프링처럼 튀어 오르며 대지를 박차 발을 들어 올린다.

턱까지 차올린 그녀의 발을 그는 왼손으로 방어했다.

"응?"

여기까지는 늘 있는 일이지만, 이번에는 좀 달랐다.

그녀가 다른 한쪽 발까지 동원해, 그의 팔을 붙잡은 것이다.

순식간에 팔이 잡힌 흑수. 종리연은 그의 팔을 꽉 붙들었다.

대도를 휘두르기 애매하게 만들고, 자신은 언제든 공격이 가능하게 만든다.

설마 이런 식으로 나올 줄은 몰랐다.

'발전이라고 하면 발전했네.'

다수를 상대하기에는 어리석은 것이라고 할 수 있지만, 일대일에서는 누가 먼저 제압을 당하느냐가 판가름이 난다.

기술을 넣었다 해도 힘이 센 흑수다.

그는 기술을 풀기 위해 팔에 힘을 주고 간신히 그녀를 떼어 냈다.

대도를 휘두르려 했지만, 다람쥐처럼 빠르게 뒤로 물러나 간격을 벌린 종리연이었다.

"이 기술은 누가 알려 줬어요?"

"총 무사님이 알려 줬어요."

"그렇군요."

총백청은 실전을 꽤 경험했을 테니 이런 잡다한 것도 알고 있을지도 모른다고 생각했다.

솔직히 상대를 당황시킬 기술이긴 했다.

"대회에서 이런 것도 사용 가능해요?"

"검만 쓰는 대회가 아니니까요. 검을 놓치면 바로 권법으로 대처하는 경우도 적잖아 있어요."

서로의 기량을 알아보기 위한 대회이다.

문파의 검법을 널리 알리고 그 위용을 과시하는 곳이기도 하지만, 실전을 방불케 하기 때문에 어떤 기술이든 다 쓸 수 있다고 한다.

이런 관절꺾기도 저번 대회에서도 몇 번 나왔다고.

"그런데 팔은 괜찮으세요?"

흑수라면 아무렇지 않을 것 같지만 혹시 모르는 일이다. 혹시 다치지 않았는지 걱정을 하는 종리연.

그는 팔을 빙빙 돌려 보았다. 팔도 잘 돌아가고, 통증도 느껴지지 않았다.

"괜찮네요. 자, 그럼 이제 저도 본격적으로 가 볼까요?"

흑수가 이제 진심으로 하겠다는 듯 자세를 바꾼다.

종리연은 그의 자세를 보고 의아한 표정을 지었다.

대산도법을 그간 경험하여 어떻게 대처할지 잘 아는, 종리연.

허나 그가 취한 자세는 자신이 익히 아는 대산도법의 것이 아니었다.

'뭐지? 기세가 저번과 확연히 다르잖아?'

거기에 추가로 기세까지 다르다.

식은땀이 등줄기를 타고 흐르고 있는 것 같았다. 또 소름이 돋을 정도였다.

전보다 강인함은 더해지고, 범 앞에 선 것처럼 오금이 저려 왔다. 뭐지? 라는 판단이 서기도 전에, 흑수가 그녀에게 달려들었다.

대도를 휘두르며 다가온 흑수. 피할 틈도 없이 빠르게 내딛는 그의 발걸음은 일보마다 그 기백이 남달랐다.

'빠, 빠르다! 그리고…… 길다?'

분명 대도를 들고 있는데 창을 들고 있는 것처럼 길어 보인다는 착각이 들었다.

거기다 그가 펼친 도법의 경로를 파악하기가 어려웠다.

순식간에 파고들어 온 흑수. 그리고 종리연이 정신을 차렸을 때는 어느새 그의 대도가 코앞에 멈춰 서 있었다.

피할 틈도 없었고, 막을 틈도 없었다. 그저 그녀는 어정쩡한 자세로 그의 대도를 마주하고 있을 뿐이었다.

"도, 도대체 뭐죠?"

자신의 명백한 패배. 그가 본격적으로 나오자 아무것도 하지 못한 종리연은 스스로가 어이없어졌다.

그도 그럴 것이, 흑수의 무공이 좀 더 정교해지고 강인해졌기 때문이었다. 또 빨라졌다. 대산도법과 비슷하지만 흐름 자체는 전혀 다른 것이었다.

다른 무공임을 파악한 그녀는 솔직히 놀라고 있었다.

내공의 차이를 메울 만큼 그에게 익숙해지고, 실력도 쌓았는데, 다른 무공을 쓰니 처음 대련했을 때보다 압도적으로 졌다.

당시에는 힘에 못 이겨 막다가 졌지, 지금은 아무것도 해보지 못하고 패배했다.

흑수는 그녀의 질문에 대답했다.

"무신도법이라고 하더군요. 좀 더 강인하고, 빠른 무공이죠. 이 이상 더 강한 초식을 펼칠 수 있을 것 같지만 실력이 미천해서 아직 거기까지는 못 보고 있는 실정이죠."

미천한 실력으로 이 정도라니. 말도 안 된다고 생각이 들었다.

"그건 무슨 무공이죠?"

"뭐, 어쩌다가 배운 겁니다."

"기연을 얻은 건가요?"

확실히 대산도법보다 강한 무공이긴 하나 딱히 기연을 얻었다는 느낌은 없었다.

어차피 스스로를 지킬 정도만 배우면 그만인 흑수다. 이보다 강한 무공을 얻는다 해도 별 느낌이 없을 것이다.

"기연까지는 아니고요. 이류 무공으로 기연이라고 하는 것도 좀 이상하죠."

산적 두목을 물리치고 전리품으로 얻은 걸 기연이라고 말할 수 있을까?

엄청 대단한 무공이라면 좀 찜찜하게 얻은 기연이라고 할 수 있겠지만, 이 정도 가지고 기연이란 생각은 들지 않았다.

'이류가 이 정도라고? 일류 이상 아니야?'

말이 안 된다. 이류 무공이 이 정도라니. 흑수가 자신보다 내공이 높은 건 사실이지만 그렇다 하더라도 이 정도는 말이 되지 않았다.

하지만 굳이 거짓말할 이유가 없는 흑수다. 종리연은 일단 그의 말을 믿기로 했다.

"어쨌든 부럽네요."

"기연을 얻든 말든 저야 상관은 없지만요."

애초에 기연을 얻든 말든 무인이 아닌 흑수에게는 별로 상관없는 얘기다.

얻으면 스스로 지킬 힘이 강해지는 것이고, 없어도 지금으로도 충분히 스스로를 지킬 힘이 있으니 상관없다.

스스로 무인이 되기를 멀리하며 대장장이라는 자각이 있는 이상 그의 생각은 변함이 없을 것이다.

"그나저나 이번 대련은 좀 아쉽네요."

"금방 끝나서요?"

"아뇨, 어차피 쉬었다 또 대련하면 되니까 그건 문제가 안 됩니다. 다만 이번에는 무모해도 도박을 하지 않은 것이 아쉬울 따름입니다."

"도박이요?"

흑수는 고개를 끄덕였다.

솔직히 말해 어차피 질 거라면 최소한 도박이라도 할 줄 알았는데 그녀는 아무것도 하지 못했다. 예선전에서 대산도법을 어색하게나마 펼친 것도 도박이라 말할 수 있다.

갈 곳이 없을 때, 뒤로 물러나도 어찌해도 잃을 게 없을 때는 빛을 발휘한다. 이번에는 그저 놀라기만 해 좀 실망스러웠다고 볼 수 있었다.

기백이 바뀌었다고, 그가 난생처음 보는 무공을 펼쳤다고 해서 당황하는 걸 보면 실전이 부족하단 생각이 들었다.

'나도 실전이야 부족한 건 사실이지만…….'

그래도 종리연보다 실전을 먼저 경험한 쪽은 흑수다.

산적들의 습격으로 인해 살인을 해 본 흑수는 실전을 겪었다 말할 수 있었다.

일단 한 번도 실전을 겪어 본 적이 없는 종리연보다 경험은 있다고 말할 수 있는 것부터 크게 차이가 났다.

           *   *   *

그렇게 열흘이 지나고 용봉 비무 대회의 본선이 시작되었다. 역시나 많은 인파들로 북적이는 대회장은 누가 우승할지에 대해 얘기가 오갔다.

총 서른두 명이 대전을 치르는 이번 대회. 그중 누가 우승할지 예측이 많았다.

오늘은 32강, 내일은 16강, 그 이튿날은 8강, 또 그 이튿날은 4강. 마지막으로 3, 4위 전과 결승전을 진행한다.

총 오 일에 걸쳐서 진행되는 본선!

어찌 보면 예선전보다도 치열한 본선을 보기 위해 사람들이 더욱 몰린 것일지도 모른다.

32강이기 때문에 오늘이 가장 경기가 많은 날이다.

신녀문의 백화령, 무당파의 조소소, 종리세가의 종리연, 하북팽가의 주영선 등등.

익숙한 이름들을 뒤로하고, 흑수는 소소와 종리연이 누가 붙는지 확인했다.

종리연은 화산파와 대결을 하고, 소소는 같은 동문과 붙게 되었다.

같은 문파에서 올라오다 보면 동문과 비무를 펼칠 때가 있는데, 소소는 본선 첫 경기부터 붙게 되었다.

사람들이 대진표를 보고 감탄했다.

"역시 강자들이 올라왔군."

"늘 그런 것 아니겠는가. 그나저나 이번 대회에서는 하북팽가가 한 명만 진출했구만. 적어도 두세 명은 올라오던 문파였는데."

"어쩌겠는가. 그만큼 실력 있는 제자들이 참여했는데."

한쪽에서는 누가 이길지에 대해 내기가 한창이다. 오늘 치르게 될 경기에서 큰돈이 오가기도 했다.

사람들이 얼마나 걸었느냐에 따라 이번 경기에서 유력 우승자가 누군지 알 것 같았다.

'하북팽가의 주영선. 확실히 내공 하나는 끝내줬지.'

그녀의 실력을 보지 못했지만 관우진과 싸운 날, 잠깐 봤을 뿐이다. 그녀의 기백이며 느껴지는 내공은 자신과 엇비슷하거나 더 높았다.

흑수가 생각해도 그녀가 확실한 우승 후보라고 볼 수 있었다.

본선에 진출한 자들 중 그녀보다 뛰어난 자는 없어 보였으니까. 이목은 주영선에게 향해 있던 모양인지, 배당률이 그렇게 높지는 않았다.

애초에 결승전도 아니고 우승 후보에 거는 사람이 많아 배당률이 높지 않았지만 말이다.

그래도 흑수는 재미 삼아 해 보기로 했다.

"자네도 해 보려고?"

"재미 삼아서요."

흑수는 종리연과 소소에게 각각 철전 열 개를 걸고, 목패를 받았다.

목패에는 내기를 건 사람의 이름과 철전 열 개라고 쓰여 있었다. 몇 개를 걸었다는 걸 나중에 확인하기 위함이다.

아무래도 거는 사람들이 많다 보니 금액을 속이게 될지도 모르기 때문이라고 생각했다.

"허허. 자네. 아가씨에게 걸었구만."

"아가씨 정도라면 16강까지 쉽게 올라갈 수 있을 거라고 생각해서요."

"다른 한 사람은 무당파로군. 동네에서 친한 동생이라고 했던가?"

"예. 소소도 32강쯤은 올라갈 거라 생각했어요."

이기면 돈을 따는 거고, 져도 고작 철전 열 개라서 상관은 없었다.

어차피 재미 삼아 하는 거라서 큰돈을 걸지도 않았다.

여기서 한몫 챙겨 보겠다고 거는 사람도 있겠지만 아마 상대적으로 드물 것이다.

본선 경기가 시작하기 전, 금관지와 흑수는 자리에 앉았다.

이번에 본선에 올라온 문파들은 무대가 가장 잘 보이는 곳에 배치를 받았다.

흑수도 경기장이 한눈에 들어오는 곳에 앉았다.

경기 진행 중 먹기 위한 먹을거리도 따로 챙겨 왔다.

육포, 양 꼬치구이, 닭 꼬치구이 등등. 한 끼 식사로도 손색이 없을 정도로 많이 들고 왔다.

"그걸 다 먹으려고?"

금관지는 먹는 양이 남다른 그의 식성을 보고 기가 막힌 표정을 지었다.

식사 시간에 그리 많이 먹는 것도 아니지만 그는 이따금 엄청 먹어 대는 일이 있다.

사람이 아니라 돼지가 아닐까란 생각이 들 정도로 무식하게 많은 양이다.

"금 장로님도 하나 드실래요?"

"뭐…… 감사히 먹지."

옆에서 누군가 잘 먹는 모습을 보고 있노라면 가끔 식욕을 돋울 때가 있다.

흑수가 딱 그런 사람이었다.

아무리 음식을 잘 안 먹는 사람이라도 그가 먹는 모습을 보면 잘 먹을 거라고 자신있게 말할 수 있었다.

금관지는 흑수에게 양 꼬치구이 몇 개를 받고 시원한 음료와 함께 먹었다.

그렇게 본선이 시작되기까지 기다리자 어느덧 대전자들이 비무장에 모습을 드러냈다.

시작도 전에 무르익은 분위기 때문에 대전자들이 들어오자 격한 환호가 비무장 가득 울려 퍼졌다.

*　　　*　　　*

종리연은 네 번째 경기였고, 소소는 다섯 번째 경기였다.

이 대회에서 가장 이목을 받고 있는 하북팽가의 주영선은 마지막 경기였다.

처음부터 우승 후보를 내보내는 것보다 나중에 내보내는 것이 더 분위기를 좋게 만들 테니 당연하다면 당연한 일이다.

첫 번째와 두 번째 비무는 솔직히 예선보다 치열했다.

처음부터 상대의 기세를 누르기 위해 최선을 다하는 모습이 보였다.

현재는 세 번째 경기로, 소림과 남궁세가의 비무였다.

머리가 햇빛에 반사될 듯 번쩍이는 중과 유려하고 화려한 옷을 입은 남궁세가.

봉과 검의 대결이었다.

봉을 주무기로 쓰는 사람을 처음 본 흑수는 봉술도 과연 무시할 게 아니구나 라는 생각이 들었다.

단순한 몽둥이처럼 느껴지던 봉은 철봉으로 바뀌자 둔기에 버금가는 흉기가 되었다.

한 번 휘두를 때마다 바람을 가르는 소리가 여기까지 들려왔다.

봉과 검이 부딪칠 때마다 불똥이 튀기며 날카로운 소리를 냈다.

감탄이 절로 나오는 비무에 혼을 쏙 빼놓고 있었다.

"자네는 저걸 보고 무슨 생각이 드나?"

금관지는 손가락으로 중을 가리켰다. 흑수는 자신이 생각한 것을 그대로 말했다.

"정교하면서도 단조로워 보이네요. 하지만 응용은 다채롭군요. 쓸데없는 움직임도 없어서 실전에서도 적은 움직임으로 최대 효율을 볼 수 있을 것 같네요."

"허허, 정확히 짚었군. 그래, 맞다. 소림은 자네가 말한 것처럼 응용이 변화무쌍한 덕분에 처음 소림과 비무를 펼치는 자들은 당황하기 일쑤이지."

비무를 보는 것이 도움이 된다고 들었는데 흑수도 간혹 깜짝 놀라고는 했다.

소림사의 봉술을 처음 봤지만, 이토록 현란하고 변화무쌍한 건 본 적이 없는 것 같았다.

남궁세가도 물론 보고 배울 점이 많았다.

쾌검과 중검으로 유명한 남궁세가.

종리세가도 쾌검을 중시하지만, 당연하게도 남궁세가의 쾌검은 종리의 검술보다 체계적으로 잘 짜여진 느낌이었다.

과연 오랜 전통을 유지하는 명문가다웠다.

종리세가에서도 이를 보고 배울 점이 많을 것이다.

소림과 남궁세가의 치열한 공방전이 이어지고, 곧 승부가 났다.

좀 더 긴 봉으로 근접하지 못하게 대처했지만, 틈을 보이기 무섭게 남궁세가의 무인이 재빨리 품으로 파고들어 그를 넘어뜨린 것이다.

중이 다시 일어서려고 했지만 이미 남궁세가 무인의 검은 목을 겨누고 있는 상황.

중이 포권을 쥐며 패배를 인정하는 것으로 세 번째 경기도 무사히 끝났다.

화려한 비무를 보인 대전자들에게 관중들이 갈채를 보내고, 곧이어 바로 네 번째 출전자들이 비무장에 들어왔다.

"신검여협이다!"

"백화여협(百花女俠)도 나왔다!"

종리연과 화산파의 채호영이 등장하기 무섭게 많은 이들이 환호한다.

저번 예선 때 신물 때문에 유명해진 종리연과 백화여협으로 이름을 떨치고 있는 화산파 채호영과의 싸움이다.

"백화여협은 어떤 사람인가요?"

환호성을 들어 보니 꽤 이름이 알려진 사람 같은데, 흑수는 전혀 들은 바가 없어 금관지에게 물었다.

금관지가 냉차로 목을 축이며 질문에 대답했다.

"검을 휘두를 때 백 송이의 꽃이 핀다 하여 붙여진 별호인 것 같더구나."

"그렇군요."

'사람들이 참 별호를 잘 지어.'

별로 시답지 않은 생각을 하며 흑수는 남은 음식을 먹기 시작했다.

종리연과 소소의 경기 때까지 아껴 두었던 음식이다. 벌써 거의 다 먹었지만 이런 경기에는 먹으면서 구경하는 게 제맛이다.

관중들이 이번에 새롭게 떠오르는 신검여협이 이길지, 백화여협이 이길지에 대해 침을 튀기는 가운데, 경기가 시작되었다.

"광동종리가 종리세가의 종리연입니다. 백화여협을 만나 뵈어 영광입니다."

"화산파의 채소영입니다. 저도 이번에 새롭게 부상하고 있는 신검여협을 만나 뵈어 영광입니다."

그렇게 훈훈한 인사와 함께 둘 다 허리에 차고 있던 검을 꺼낸다.

종리연은 허리에 차고 있던 신물이 다시금 그 위용을 자랑했다.

"과연 신물이긴 신물이군요. 직접 이렇게 보는 것은 처음이지만, 눈으로 보는 것만으로도 대단한 검이라는 것이 느껴집니다."

"과찬이십니다. 그럼 한 수 부탁드리겠습니다. 백화여협."

"저도 한 수 부탁드리겠습니다. 신검여협."

서로 포권을 쥐고 일정 거리를 벌리며 자세를 잡았다.

경기가 시작이 되자 환호하던 사람들이 모두 경기에 집중하기 시작했다.

선공을 한 사람은 종리연이었다.

그녀는 신물을 휘두르며 종리세가의 검술을 마음껏 뽐냈다.

예선전에서 진즉에 그녀의 경기를 지켜본 종리연이다.

채소영의 기량을 봐서 자신이 쉽게 이길 수 없다고 판단하고, 처음부터 전력을 다하기로 한 것이다.

설마 처음부터 전력으로 올 줄은 몰랐겠지만 채소영은 당황하지 않고 예선전에서 하던 것처럼 침착하게 대응했다.

채소영은 종리연의 검을 흘렸다.

"아쉽다!"

관중들이 아쉬움의 탄성을 자아냈다. 조금만 늦었어도 종리연의 첫 수에 그녀가 당했으리라 생각한 것이다.

하지만 그것은 무공을 모르는 사람들이 하는 소리나 다름이 없었다.

흑수도 무공을 잘 모르고, 대련도 다른 이들보다 많이 한 편은 아니지만 알 수 있었다.

'오히려 여유를 가지고 빈틈을 찾으려고 했는데 말이지.'

자신만 아니라 다른 문파의 사람들도 이를 알고 있을 것이다.

흑수는 다시 경기에 집중했다.

검을 흘려보낸 채소영은 자연스럽게 물 흐르듯 검을 휘둘렀다.

종리연은 자신의 코앞까지 다가온 검을 간신히 피해 냈다.

그녀는 자신의 검은 머리카락 몇 올이 허공에서 춤을 추는 것을 볼 수 있었다.

그 와중 종리연은 그녀의 틈을 찾아 검을 휘둘렀다. 채소영이 순간 당황하는 걸 볼 수 있었다. 설마 이런 상황에서도 반격할 줄은 몰랐기 때문이다.

사악!

공격에 성공했지만, 얕았다고 종리연이 생각했다. 그녀는 황급히 뒤로 물러나 거리를 벌렸다.

관중들이 다시 환호했다.

흑수도 절로 박수가 나왔다. 종리연이 생각보다 잘 싸우고 있었다.

금관지는 그녀의 기량이 확실히 많이 늘었다는 걸 깨달으며 푸근한 미소를 지었다.

강호는 여협들이라고 무시할 곳은 못 된다는 걸 그녀들을 통해 다시 한 번 알 수 있었다. 그녀들은 잠깐 대치하다가 누가 먼저라고 할 것 없이 동시에 달려들며 검을 휘둘렀다.

깡! 깡!

쇠가 부딪치는 낭랑한 소리가 비무장 가득 울려 퍼졌다.

서로 치열하게 공격하고, 막고, 방어하고, 반격하고를 반복했다. 검이 부딪칠 때마다 불똥이 튀어 올랐다.

손에서 땀이 나게 할 정도로 아슬아슬하게 회피하는 경우도 적잖게 있었다.

옷이 베이고, 찢어지는 와중에도 그녀들은 그런 것에 아랑곳하지 않았다.

힘겨운 줄다리기가 이어졌다.

서로 이가 갈릴 정도로 힘이 들지만 검은 멈추지 않는다.

여기서 먼저 멈추거나, 지치는 쪽이 지는 거라고 서로 판단하고 있는 것이다.

어느새 지구전으로 변모해 가고 있었다.

시간이 지날수록 누군가 한쪽이 밀리기 시작했다. 밀리기 시작한 것은 종리연이었다.

처음에는 치열했지만 아주 조금씩 뒤로 가나 싶더니 이제는 누가 봐도 밀리고 있을 정도로 뒤로 꽤 후퇴한 상황이었다.

'이대로 계속 이어가다간 장외로 떨어지겠어.'

종리연은 계속 검을 휘두르면서 어떻게 해결해야 할지

머리를 굴렸다.

종리연은 간신히 따라가고 있는 실정인데, 채소영의 얼굴에는 자신이 이겼다는 듯 미소가 번져 흐르고 있었다.

채소영은 실전에 대한 감각을 이미 익혔고, 몇 년간 강호를 주유한 여인이다.

그 몇 년간의 행보로 별호를 얻은 그녀와 달리, 종리연은 이번 대회에 참가해 신물 하나로 별호를 얻었다.

그나마 신물 덕분에 어느 정도 격차는 좁혔지만 한계라는 게 존재하는 법이다. 거기다 경험의 차이도 한몫했다.

채소영은 그간 쌓은 경험이 이번 대회에서 빛을 발하고 있었다.

어느새 장외에 걸친 그녀.

조금만 더 뒤로 가면 떨어진다고 생각했다. 채소영은 이 기회에 더욱더 밀어붙였다.

종리연은 어떻게든 버티기 위해 검을 더욱 빨리 놀렸지만, 점점 상처가 늘어났다. 궁지에 몰린 꼴이다.

그녀는 필사적으로 어떻게든 버텼다. 더 이상 물러날 곳도 없던 그녀는 불현듯 흑수가 대련을 마치고 했던 말을 기억해 냈다.

'도박을 하지 않은 것이 아쉽다.'

더 이상 물러날 곳도 없다. 성공하면 좋고, 실패해도 손해는 아니었다.

어쨌든 밀리고 있는 상황에서 패배해 봤자 달라질 건 없다. 발악이라도 좋다.

아주 희박한 가능성에서 역전의 발판을 마련할 수 있는 방법은 도박밖에 없었다.

"흐읍!"

그녀가 검을 휘두르면서 숨을 크게 들이마시기 시작한다.

이것은 실전을 방불케 하지만 한 가지 규칙이 있다. 상대를 죽일 수 없다는 것. 그녀는 그것을 이용하자고 생각했다.

종리연은 채소영의 검이 찔러 들어오는 것을 무시하고, 검격을 멈췄다.

갑작스럽게 그녀가 검격을 멈추자 당황한 것은 채소영이었다. 이미 검은 휘두르고 있는 상태고, 멈추기에도 늦었다.

당황한 것이 얼굴에 보이자, 종리연이 재빨리 앞으로 일보 내디뎠다. 더욱 채소영의 품에 파고들었다.

무모하게 달려드는 그녀가 치명상을 입을까 어떻게든 검을 빗겨 올리기 위한 그녀의 필사의 노력을 오히려 이용했다.

채소영의 노력 덕분인지, 검날이 그녀의 팔을 찔렀지만, 스친 것에 불과했다.

채소영이 다시 검을 휘두르고, 종리연은 그녀가 휘두른 검을 똑바로 응시하고 검을 휘둘렀다.

해경검법!

검이 여러 갈래로 갈라지듯 수많은 검의 잔상이 그녀의 눈을 어지럽혔다.

이대로 가만히 있다간 자신도 당한다는 생각을 한 채소영이 다급히 자신도 검을 극한까지 끌어 올렸다.

당황하고 있는 지금이 기회라고 판단해 자신의 내공을 끌어올려 최선을 다했다. 밑천까지 다 내보이는 것은 아니지만 이것도 위력적이다.

그녀의 검이 범상치 않은 것을 느낀 채소영도 가만히 있지 않았다.

자신의 실력으로 평범하게 막을 수 없다고 생각한 채소영은 마찬가지로 내공을 끌어올려 검에 집중한다.

낙영검법(落英劍法)!

채소영이 휘두르는 검은 마치 꽃이 떨어지고 있는 것 같은 착각이 들었다.

그 아름다움에 다들 흠뻑 취해 감탄을 마지 못했다.

그녀들의 검이 부딪치자 주위로 파동이 일어나며 흙먼지가 피어올랐다. 시야가 완전히 막혔다.

관중들은 무슨 일이 벌어졌는지 몰라 웅성거렸다.

흙먼지는 곧 불어온 바람에 의해 거두어졌다.

한 명은 장외에, 다른 한 명은 당당히 비무장 한가운데에 서 있었다.

장외에 떨어진 이는 백의의 무복을 입고 있는 채소영이었다.

그녀는 기가 막힌 표정을 짓더니 곧 자리를 털고 일어났다.

"제가 졌습니다."

채소영이 패배를 인정하고, 종리연이 승리를 따냈다.

＊　　　＊　　　＊

위기까지 몰렸지만 마지막에 무모한 공격으로 승리를 쟁취한 종리연. 그 덕분에 흑수는 철전 닷 냥을 따냈다.

본선 초반부인 터라 배당률이 높지는 않지만 재미 삼아 하기에는 괜찮다는 생각이 들었다.

"흑수 님. 여기요."

종리연이 비무가 끝나고 흑수에게 신물을 건넸다. 비무가 끝날 때마다 확인을 거치는데 오늘은 약간 문제가 있었다.

"이거, 손잡이의 가죽이 뜯어졌네요."

완전히 뜯어지지는 않았지만 이런 상태로 검을 쥐다가는 손이 먼저 망가질 수도 있었다.

수리한 지 얼마 되지 않았는데 벌써부터 가죽이 뜯어지다니.

이번 비무에서 거칠게 다루긴 했던 모양이다.

혹시나 싶어 다른 곳에도 문제가 있는지 자세히 살펴보았다.

이가 나간 것도 아니고, 구부러진 곳도 없었다. 손잡이 외에는 이상이 없다는 걸 확인하자, 총백청이 다가왔다.

"큼큼! 혹시 미안하지만 내 것도 고칠 수 있겠나?"

괜히 일거리를 주는 것 같아 미안한 모양이지만, 흑수는 오히려 환영이었다.

그간 할 일이 없었는데 일이 생기니 오히려 좋은 느낌이다.

또 종리세가의 신물만이 아니라 종리세가 무인의 무기도 관리하기 위해 온 것이다. 원래 그가 해야 하는 일인 것이다.

흑수는 총백청의 검을 건네받은 후, 또다시 살펴보았다.

그간 얼마나 손에 잡았는지 손잡이의 가죽은 다 헤지고, 이가 나가 있었다.

"가죽은 괜찮겠네요. 근데 날이 많이 상했네요. 이건 갈아야겠어요. 일단 아가씨의 검부터 먼저 손을 보고 나중에 해드릴게요."

지금 당장 급한 것은 신물이다. 내일도 비무를 치러야 하기 때문에 우선 순위를 신물에 두어야 했다.

흑수는 인근에 있는 대장간에 가서 가죽을 구입해 검 손잡이에 둘렀다.

빠지지 않게 꽉 조이며 못을 박고 그 위에 다시 가죽을 감싸고 접착시켰다.

과정은 그리 오래 걸리지 않았다. 흑수는 혹시 모르니 다시 확인해 가며 더욱 보강했다.

쉽게 가죽이 해지거나 떨어지지 않게 작업과 확인을 몇 번이고 반복했다.

이제 충분하다 생각하고 그는 그녀에게 신물을 다시 돌려주며 물었다.

"불편하신 점이 있으시면 말씀해 주세요."

종리연은 신물을 몇 번 휘둘러보았다.

어찌나 세심하게 해 주었는지 손에 착착 감기는 것이 계속 검을 잡고 싶어질 정도였다.

"괜찮네요."

"그렇다면 다행입니다."

＊　　　＊　　　＊

그렇게 이틀이 더 지났다.

채소영은 우승 후보까지는 아니었지만, 그래도 알아주는 무인 중 한 명이었다.

채소영이 최소 4강까지 올라갈 것이라는 말이 오갔는데, 종리연이 그런 사람을 상대로 승리를 쟁취한 것이다.

덕분에 종리세가에서는 마치 축제와 같은 분위기였다.

본선 첫 비무에서 탈락할 것이란 예측이 난무한 가운데 그녀가 그런 예측을 뒤집어 버린 것이다.

비무라는 게 언제든 뒤집어질 수 있는 것이기도 하지만, 종리연은 극적으로 기사회생했다. 이 분위기 그대로 16강도 어렵지 않게 승리를 따내고 8강마저 승리했다.

종리세가에서는 4강까지 간 것은 최초로 있는 일이었다. 그런 그녀지만 이번에 최대의 난관에 봉착했다.

4강에서 만난 것은…….

"큰일 났네."

흑수가 크나 큰 한숨을 내쉬었다. 대진표에서 4강에서 붙을 인물은 종리연과 소소였기 때문이다.

그는 관중석에서 누굴 응원해야 할지 난감한 표정을 짓고 있었다.

"저 여인이 흑수 아는 동생이라고 했던가?"

"예."

"참 난감하겠군."

누구 하나에게만 응원할 수 없는 것에 난감해하고 있는 모습이 재밌는지 금관지가 허허 웃었다.

서로를 못 잡아먹어 안달 난 것처럼 저리 노려보면 더더욱 그럴 것이다. 서로 응원하기도 그렇고, 그렇다고 한 명만 응원하기도 그렇고.

금관지는 당연히 종리연의 편이지만, 흑수의 입장에서는 누구에게 편을 들기 곤란할 것이다.

"여기서 뵙네요?"

"그러게요."

서로 웃고 있지만 종리연과 소소는 살벌한 기운을 풍기며 서로를 마주 보고 있었다. 청유심협과 신검여협 간의 비무.

서로 앙숙을 만난 것처럼 살벌한 기세를 내뿜고 있다. 벌써부터 치열한 비무가 예상되었다. 서로 그 어떤 때보다 이기고자 하는 의지가 강했다.

그 기세가 관중들에게도 전해졌는지 벌써부터 짜릿해지는 것 같다며 말이 많았다.

그녀들은 포권을 하는 순간까지도 기 싸움을 벌이고 있었다. 시작과 동시에 그녀들은 서로 무기를 겨누었다.

작은 틈도 놓치지 않겠다는 듯 매의 눈으로 거리를 재며 틈을 노리는 그녀들. 그러더니 동시에 흑수를 바라보았다.

이 많은 관객들 중 하나인 자신을 어떻게 한 번에 찾은 건지 모르지만 흑수는 어떻게 반응해야 할지 난감해했다.

그가 할 수 있는 것은 그녀들에게 손을 흔들며 그저 웃어 주는 것일 뿐이다. 다시 서로를 노려보는 그녀들!

금관지는 이를 보며 허허 웃었다.

'이런이런. 무당의 제자나 아가씨나 흑수에게 푹 빠졌군.'

참 부러운 녀석이라고 생각했다. 금관지도 젊을 적 인기가 있어도 이 정도는 아니었는데 말이다.

금관지는 흑수의 허리를 팔꿈치로 툭툭 치며 장난스럽게 웃어 주었다. 그는 한숨을 크게 내쉬며 고개를 가로저었다.

'힘들다, 힘들어.'

그런 생각을 아는지 모르는지. 종리연과 소소는 경기 시작과 함께 허리춤에서 칼을 뽑아 들었다.

종리연은 신물을, 소소는 일전에 흑수가 선물해 준 낭창낭창거리는 검을 서로에게 겨누었다.

신물은 종리세가 대대로 내려오는 검으로, 흑수가 오행진철을 넣어 새로 개량한 것이다.

소소에게 선물해 준 검도 오행진철로 만들어진 검. 서로 강도를 확인해 보지 않았지만 흑수가 판단하기에는 거의 대등하다고 생각했다.

이번 비무는 무기보다 실력으로 승패가 좌우될 것이다. 그렇기에 더 볼만하겠지만, 흑수는 조금 불편하다.

"죄송하지만 이 경기, 제가 이겨야겠습니다!"

"비무는 말로 하는 게 아니지요, 종리연 아가씨!"

누가 먼저라고 할 것 없이 서로에게 달려드는 종리연과 소소. 그 어떤 때보다 치열하고 열을 띠는 경기에 관중들은 환호하고, 흥미진진하게 관전했다.

제6장
엮이거나 또 엮이거나

종리연과 소소의 치열한 비무!

4강을 두고 승자와 패자가 갈리는 그 경기에서 승리 쟁취한 사람은 소소였다.

압도적인 차이는 아니지만 아슬아슬한 줄다리기로 장시간 계속되자 어느새 지구전으로 가게 된 것이다.

먼저 지치는 사람이 패배. 결국 종리연은 지구력에서 밀려 4강에서 패배를 맛보게 되었다.

"고생하셨습니다, 아가씨."

금관지가 씁쓸한 표정을 지우지 못한 채 퇴장한 종리연을 위로했다. 종리연은 침울한 표정으로 흑수를 지그시 바라보더니 크게 한숨을 내쉬었다.

'멋진 모습을 보여드리려고 했는데.'

4강전은 치열하긴 했지만 뭐라고 할까…… 난장판이었다고 하는 게 더 옳은 표현이다.

이겨 보겠다고 앞뒤 가리지 않고 싸운 데다가 어느 한 곳 성한 곳도 없다. 옷은 찢어지고, 머리는 풀어헤쳐지고.

소소도 마찬가지이긴 했지만 승자와 패자는 다른 법이다. 패자로서 괜히 창피하기만 했다.

하지만 그녀의 마음을 아는지 모르는지, 흑수가 옆에서 그녀를 위로해 주었다.

"다음에는 더 잘하면 되지 않겠습니까. 오늘 비무도 멋졌습니다."

종리연이 다시 큰 한숨을 내쉬며 지친 듯 발걸음을 옮긴다. 금관지는 그녀의 뒤를 따라갔지만, 흑수는 멀찍이 그녀의 뒷모습만 바라볼 뿐이다.

오늘 그녀의 뒷모습은 그 어떤 때보다 처량하게 느껴졌다.

약간 이곳에서 기다리니 비무장에서 동문과 관중들에게 인사를 하다가 나온 소소를 볼 수 있었다. 소소가 놀란 듯 눈을 휘둥그레 떴다.

"흑수 오빠가 여긴 어쩐 일이야?"

"축하해 주려고 왔지. 축하해, 소소야."

그의 축하 인사를 받자 소소가 보름달처럼 밝게 미소를 지었다가 주위를 둘러보았다. 사냥감을 찾는 사냥꾼의 눈빛과 움직임이다.

"종리연 아가씨는?"

'아아.'

누굴 찾나 했더니 종리연이 근처에 있나 확인하려던 것이다.

그녀를 놀려 줄 생각은 아니고, 그를 걱정해 주고 있는 것이다. 허허 웃었다.

소소야 무림의 제자니까 안 만나려면 충분히 안 만날 수 있어 괜찮은데, 흑수는 다르다. 이로 인해 흑수에게 피해가 갈까 생각하는 그녀였다.

그가 종리세가와 묶여 있다 보니 종리연이 입김만 불어도 나뭇잎처럼 날아갈 수 있는 게 흑수였다.

'애초에 그런 사람은 아니지만.'

종리연은 공과 사는 구별할 줄 아는 사람이다. 이런 행동에 살짝 불만을 품을 수도 있겠지만 크게 개의치는 않을 것이다.

서로 앙숙일 뿐이지, 흑수의 입장에서는 서로와 친하다 보니 어쩔 수 없는 일이니까.

'참 묘한 삼각관계로군.'

그런 생각을 하며 흑수는 그녀에게 답해 주었다.

"먼저 보냈어. 일단 너도 축하해 줘야 할 것 같아서 말이지."

"그래? 오늘 처음 오빠가 준 검을 써 봤는데 어때?"

아무래도 신물에 맞서려면 같은 재질로 싸우는 게 좋을 거라 생각해 흑수의 무기를 사용한 것 같았다.

종리연과 반대로, 소소는 오늘을 제외하고 흑수가 선물로 준 무기를 단 한 번도 쓴 적이 없었다.

오직 실력으로 올라온 소소.

종리연의 검이 워낙 튼튼하고 내공을 원활하게 해 주는 효력도 같이 있어 최대한 역량을 줄이기 위해서는 어쩔 수 없이 그가 준 무기를 쓴 것이다.

더 정확히 말하자면 종리연에게 지는 게 싫었던 거지만.

"잘 쓰던데? 상황에 따라 내공을 거두고 팔랑거리는 검을 만들어 공격까지 할 줄은 몰랐어."

흑수는 처음부터 끝까지 놓치지 않고 그녀들의 비무를 관전했다.

소소가 오늘 자신이 준 무기를 다루는 걸 보고 꽤 많은 연습을 했다는 걸 알 수 있었다.

자신이 생각하지 못한 방법으로 상대를 제압하기도 하

고. 그게 종리연이 상당히 고전하게 된 원인이기도 했다.

"그런데 오빠는 언제 다시 구포현으로 돌아가?"

"종리세가에서 돌아간다고 하면 그때 같이 갈 것 같아. 대회가 완전히 끝날 때까지 대부분의 문파가 남는다고 하니까 그때까지는 있겠지."

"그렇구나. 나중에 도착하면 엄마한테 내 얘기해 줘."

"물론 그래야지. 당연한 걸 가지고."

소소네 어머니라면 이번 대회에서 소소가 활약한 얘기를 듣고 분명 크게 기뻐하실 것이다.

*　　　*　　　*

늦은 밤. 흑수는 자다가 일어났다. 잠자리에 개의치 않는 그가 오늘따라 유독 잠을 설쳤다.

잠을 자고 싶은데 이상하게 잠이 오질 않아 결국 자리를 털고 일어난 흑수는 잠깐 밤바람을 쐬기로 했다.

"시원하구만."

한여름임에도 밤은 시원하다.

광동성에서만 자라 이런 더위는 더위 취급도 안 하겠지만 그래도 시원한 바람이 불어왔다.

지붕으로 올라오니 어둠만이 드리워져 있다. 그 아름다

운 도시의 전경조차 볼 수 없었다.

유곽이나 주루에서 미미한 불빛이 보이긴 하지만 대체로 어두운 편이다.

전기가 없는 곳이기 때문에 아름다운 야경을 볼 수 없는 것이 내심 아쉽다.

그래도 그것보다 훨씬 아름다운 자연이 있다. 그는 밤하늘을 구경했다. 보름달이 구름 위로 유영하고 있었다.

흑수는 지붕 위에 편히 누워 밤하늘을 구경했다.

별똥별이 떨어지고 강을 이루는 아름다운 별빛과 구름 위를 유영하는 보름달이 그의 눈동자에 투영되었다.

오늘따라 유독 별빛이 선명한 것 같았다.

"하남성도 나쁘지는 않군."

늘 떠들썩했던 하남성이 새벽이 되니 이렇게 조용하다.

떠들썩한 것도 나쁘지 않지만 이렇게 조용한 분위기가 더 좋았다.

촌구석의 마을에 살았기 때문인지 떠들썩한 것보다 조용한 것이 더 익숙한 탓인지도 모른다.

웨에엥—!

한참 여운에 잠겨 밤하늘을 바라보던 그의 귀를 모기가 어지럽힌다.

새벽에 주로 활동하는 벌레나 모기들이 그의 주변을 배

회하고 있었다. 흑수는 이럴 줄 알고 벌레를 쫓는 풀을 가지고 왔다.

아무것도 없는 화등잔에 벌레를 쫓는 풀을 넣고, 부싯돌로 불을 붙였다.

누가 보면 방화범으로 오해받기 딱 좋았지만 보는 이도 없고, 혹시 화재가 발생할까 물도 가지고 와서 괜찮다.

자나 깨나 불조심.

풀을 태우기 무섭게 벌레들이 달아났다. 약 한 시진 정도 천천히 태워질 테니 그 전에 내려가자고 생각했다.

조용히, 바람을 즐기며 밤하늘을 구경하는 와중 바람을 타고 그의 귀에 어떤 소리가 닿았다.

'……이건 검을 휘두르는 소리인데?'

혹시 어딘가에서 칼부림이 일어나고 있나 생각이 들었다.

아무래도 무인들이 모인 곳이니 작은 일에 목숨을 걸 정도로 싸우는 일이야 비일비재하다.

그러나 자세히 들어 보니 싸우는 소리는 아니었다.

고함 소리나 철끼리 부딪치는 낭랑한 소리도 들리지 않는다. 누군가가 혼자서 검을 휘두르는 소리다.

그리 멀리서 들려오는 건 아니었다.

'……가 볼까?'

혹시 모르니 일단 가 보고 별일 아니면 돌아오자고 생각하며 흑수가 자리를 털고 일어났다.

*　　　*　　　*

종리세가는 이제 비무가 끝났다. 하지만 그럼에도 아직 열기는 식지 않았다.

종리세가가 개파한 이래 용봉 비무 대회에서 4강까지 간 사람은 종리연밖에 없었기 때문이다.

심지어 종리추나 종리세가의 장로들도 용봉 비무 대회에 나와 대부분 16강에서 떨어졌다.

종리연과 비슷한 나이 대에 참가했는데 4강이라니!

눈부신 업적이라고 칭해도 될 정도다.

당연히 이는 종리세가에 있어 더없이 기쁜 일이기도 했다.

세가로 돌아가면 종리추와 조설연이 크게 기뻐할 것이 분명하다.

종리세가의 무인들은 종리연을 보고 자극을 받았는지 연습에 연습을 거듭하고 있다.

종리연은 소소에게 졌다는 것이 분했는지, 더욱 증진해야겠다고 생각했는지 몰라도 자신은 대회가 끝났음에도 밤

늦게까지 검을 잡고 있었다.

자부심을 가져도 될 정도로, 한동안 기뻐해도 될 종리연. 하지만 그녀는 연습용 검을 계속 휘두르며 시간을 할애하고 있었다.

이번 비무는 기쁨보다 자신의 나약함에 한탄했다.

'내 힘이 아니라 신물로 인해 오른 자리야.'

이 생각을 떨치기 힘들었다. 자신이 당연히 져야 할 경기를 신물 덕분에 이긴 것도 꽤 되었다.

원래대로라면 채소영과 비무를 할 때부터 패배는 확정되어 있었다.

정정당당하지 못하다는 생각은 물론이고, 신물 덕분에 버티다가 기회를 따내 승리를 쟁취할 수 있었다.

신물에 의존하는 것은 오늘로 끝이라 생각했다.

자신의 실력을 갈고닦기 위해서는 신물 없이도 이 정도 해야 된다고 생각했다.

아무리 천재 혹은 기재 소리를 들어도 기고만장해서는 될 것도 안 된다. 대표적인 예로 관우진이 그러하지 않은가.

천재는 천재인데 노력을 하지 않아 결국 자신의 재능을 썩히고 만 관우진.

종리연의 경우에는 노력을 하며 매일 같이 실력을 증진

시키고 있지만 신물에 의존하면 언젠가 벽에 부딪쳤을 때 쉽게 빠져나오지 못할 것이다.

'조소소. 서로 같은 조건에서 싸웠다면 그 풍부한 기량에 내가 패배했을 거다.'

조소소와 비무를 하면서 깨달은 바가 컸다. 무당파인 그녀는 강호 출두를 하며 몇 번 실전을 겪은 것 같았다.

기량이나 검을 휘두름에 있어 망설임이 없는 것은 물론이고, 검을 제대로 다룰 줄 알았다.

어디를 공격해야 할지 알았고, 피해를 최대한 입히면서 몸을 상하지 않게 하는 법도 알았다.

검에 의존하여 승리를 쟁취한 자신과는 확연히 다르다는 것이다. 대회가 한창일 때는 몰랐는데 끝나고 보니 부끄러움이 밀려왔다.

자신의 노력을 보이기보다 신물을 보인 느낌이 더 강했다.

신검여협이란 별호가 생긴 것도 신물의 영향이 너무도 앞섰기 때문이다. 도구에 의지하는 별호에 가깝다고 할까.

청유심협이란 별호는 나약해 보이지만, 절대 그렇지 않다. 오히려 자신이 더 나약하게 느껴졌다.

'흑수 님만 봐도……'

무인도 아닌데 이번에 관우진을 복날 개 패듯이 한 덕분에 대장장이인데도 별호가 붙었다. 묘수신장. 기묘한 손과 귀신같은 움직임. 강호인들이라면 자부심을 가질 만한 별호다.

별호를 가지면 좋을 줄 알았는데 이렇게 작아지리라고는 생각지도 못했다.

'강해지고 싶다.'

휘휘휙!

벌써 늦은 새벽이 된 것도 모를 정도로 무아지경에 빠져 있었다. 장시간 검을 잡았는데도 그녀의 움직임은 처음처럼 힘차고 박력이 넘쳤다.

진심이 반.

"흑수 님이 나만 주목할 수 있게 강해지고 싶다."

그리고 사심의 반을 담으며.

그렇게 한참을 휘두르는데, 그녀를 다시 현실로 끌어당기는 말이 귀에 닿았다.

"아가씨, 이 오밤중에 홀로 수련하고 계셨습니까?"

흑수였다. 갑자기 그의 목소리에 당황한 종리연이 뭔가 황급히 검을 뒤로 숨겼다.

그는 종리연이 갑자기 검을 등 뒤로 숨기자 고개를 갸웃거렸다.

그녀의 행동은 마치 뭔가를 가지고 놀다가 부모에게 걸린 꼬마 아이 같은 모양새였다.

"흐, 흑수 님이 여긴 어쩐 일로……."

당황해서 말을 더듬는 종리연. 혹시 자신이 한 생각이 입으로 튀어나와 그가 들은 것이 아닐까 불안해했다.

흑수가 손가락으로 하늘을 가리켰다.

"밤하늘을 구경하다가 검 휘두르는 소리를 듣고 와 봤습니다."

종리연이 갑자기 얼굴을 확 붉혔다. 괜히 혼자 찔려 당황한 게 민망한 순간이다. 도둑이 제 발 저린 격이다.

"그런데 이런 늦은 시간까지 수련하시다니. 이런 경우는 좀처럼 없지 않았나요?"

대장간에서 같이 지낸 종리연은 늦은 시간까지 수련하는 경우는 있었지만, 이런 아닌 오밤중에 검을 휘두른 적은 없던 걸로 기억한다.

지금 시간이 인시(寅時, 03:00~05:00)이다. 이미 사람들은 한참 단잠에 빠져 있을 시간이란 소리였다.

한참을 우물쭈물하고 있던 종리연이 그의 말에 대답해 주었다.

"사실 오늘 조소소 님과의 비무에서 깨달은 게 좀 있어서요."

"흠…… 확실히 소소가 꽤 대단하다는 걸 느끼긴 했죠. 설마 제가 준 검을 그렇게 응용할 줄이야. 어렸을 적부터 봐 온 거지만 소소가 어디로 튈지 모르던 행동이 이럴 때 도움이 된 모양입니다"

"……."

처음부터 끝까지 소소와 종리연의 비무를 관전했던 흑수는 소소가 많은 노력을 했다는 걸 알 수 있었다.

만들어 준 지 얼마 되지 않은 그 낭창낭창하는 검을 자신에게 맞게 쓰다니.

솔직히 흑수는 오직 내공을 끌어올려 검의 강도로 상대를 제압하는 것만 생각했다.

그런데 소소는 내공을 쓰지 않고 상대에게 회심의 일격을 날리는 것까지 응용했다. 이건 흑수도 전혀 예상하지 못한 일이었다.

그렇게 빠르게 검을 몸에 익히다니.

제아무리 고강한 무인이라고 해도 쉽게 할 수 있는 일은 아니다. 피나는 노력을 하지 않으면 불가능한 일이다.

"……."

가만히 침묵만 지키는 종리연. 지그시 눈을 반쯤 감으며 그를 바라보았다.

'……소소 칭찬을 해서 그런 건가?'

괜히 사이도 나쁜데 상대를 칭찬해 줬나 생각이 들지만 이미 말한 거 주워담을 수도 없다.

살짝 눈치가 보여 시선을 잠깐 회피한 흑수.

침묵이 길게 이어지고, 종리연이 깊은 한숨을 내쉬더니 검을 다시 검집에 집어넣었다.

흑수의 등장으로 수련할 마음이 사라졌다.

구체적으로 말하자면 이런 늦은 시간까지 검을 휘두를 생각이 없었는데 정신없이 휘두르다 보니 시간이 얼마나 지났는지도 몰랐던 것이다.

땀도 흘렸으니 좀 씻다가 잠을 자기로 했다. 흑수에게 인사하고 씻으러 가려고 하니, 대뜸 흑수가 말을 걸어왔다.

"사람은 때로 방황도 필요한 법이에요. 그때는 아무 생각 마시고 머리를 식히는 것부터 시작하세요."

"예?"

"검을 휘두르는 데 초조함이 느껴지더라고요. 그걸 보고 아가씨께서 방향을 잃었다고 생각했어요."

사뭇 진지한 표정의 흑수.

확실히 그의 말에 약간 공감이 되는 바였다. 그의 말대로 자신은 정말 방황하고 있었으니까.

한계를 느끼고, 남이 자신보다 뛰어나다는 것을 발견하니 어디로 가야 할지 방향을 잃었다. 흑수는 그것을 알고 바로 짚어 준 것이다.

"머리를 식힌다니요?"

"말 그대로죠. 지금의 일을 다 내려놓고 일단 노는 것부터 시작하세요. 평소에 하고 싶었던 일이라거나, 못 해 봤던 것들 전부요. 뒤를 돌아보지 않고 앞만 보고 달리면 그만큼 쉽게 낙담하거든요."

사람도 기계와 같아서 계속 일만 하다 보면 고장이 나기 쉽다. 그러기 위해서 잠깐 쉬면서 스스로의 정비를 갖는 것이 중요했다.

그의 말에 종리연이 의아함이 떠올랐다.

"의외네요."

"뭐가요?"

"흑수 님이 제게 그런 말을 해 줄 줄은 몰랐거든요."

남의 일에는 거의 신경도 쓰지 않는 흑수다. 그렇기에 그가 자신에게 이런 말을 해 줄 거라는 말은 상상도 못 했다.

'사실 친분이 있는 사람에게는 자상하지만……'

그게 사람을 가리지 않는다는 것이다. 소소도 그렇고, 자신도 그렇고, 금관지도 그러했다.

좋게 보면 확실히 흑수와 어느 정도 거리를 좁혔다는 의미도 되었다. 이에 내심 만족스러운 종리연이었다.

흑수는 잠깐 생각하는가 싶더니 어깨를 으쓱였다.

"그냥 사람이 미덕 있어 보이려고 처음 보인 오지랖이라 생각해 주세요."

"풋! 그게 뭐예요."

종리연은 보름달처럼 밝은 미소를 자아내며 한동안 호호 웃었다.

*　　　*　　　*

이튿날, 용봉 비무 대회는 성공리에 막을 내렸다.

강력한 우승 후보였던 하북팽가의 주영선이 우승을 했다.

혹시 누군가 그녀를 꺾을까 기대도 해 봤지만, 현실은 당연하게 흘러갔다.

그렇게 비무 대회가 성공리에 끝나고, 그 끝을 알리는 행사와 함께 폭죽이 펑펑 터지며 밤하늘을 수놓았다.

최종적으로 종리연은 4위. 소소가 3위다. 2위는 남궁세가의 남궁천이 차지했다. 유일한 남성이었다.

여성들이 상위권에 온 것은 몇 번 되긴 하지만 대부분 여성들이 차지한 건 처음이다.

무림맹의 정보 조직은 늦은 새벽임에도 정보 기관들이 전부 모여 가동되고 있었다.

한창 피곤한 시간임에도 다들 피곤한 기색을 찾아보기 힘들었다.

호롱불만이 은은하게 주위를 밝히고 있었다.

무림맹의 정보 기관이 갑작스럽게 가동된 이유는 단 하나. 종리연의 검 때문이었다.

"종리연, 그녀가 가진 검에 대해 알아냈나?"

채구혁은 무림맹 정보 기관의 책임자이다.

그는 이번 대회를 처음부터 끝까지 관전했는데, 종리연의 검을 보고 호기심을 가졌다.

처음에는 중소문파의 신물이 얼마나 좋겠냐는 생각을 가지고 있었다.

나이에 비해서 실력이 뛰어나긴 하지만, 본선에서 8강에 오르기 전에 떨어질 거라고 예측했다.

하지만 이게 웬걸? 그녀가 4강까지 올라가자 채구혁은 깜짝 놀라 그 즉시 그녀의 신물에 대한 조사를 시작했고, 그 정보가 오늘 도착했다.

단정하게 무복을 차려입은 무인이 그에게 전서구를 건넸다. 채구혁이 전서구의 연통에 묶인 서신을 받아 들고 천천히 글을 읽어 나갔다.

　　종리세가의 신물에 정식 명칭은 없지만 세간에는
　'만년철검'이라 불리고 있다고 합니다. 종리세가가 개
　　파했을 당시부터 대대로 물려 내려온 신물로써, 용봉

비무 대회에 나올 때마다 이를 사용한다고 합니다.

얼마 전 신물이 부러져 대장장이들에게 수리를 맡기려 했으나 고칠 수 있는 이가 없어 수소문 끝에 구포현에 사는 단흑수라는 대장장이에게 수리를 맡겼다고 합니다. 단흑수는 광동 제일의 명장이라 불리고 있는 대장장이입니다.

문제는 그자가 수리만이 아니라 개량까지 하여 신물의 위력이 더해졌다는 말도 들려옵니다. 예년에는 일반 철검과 다를 바 없는 모습이었지만, 수리와 함께 외견이 바뀌었다고 합니다. 이에 대한 것은 따로 조사하여 보고하겠습니다. 그리고 그가 만든 검은 하나만이 아니며 무당파 제자인 조소소도 신물에 버금가는 검을 가지고 있다고 합니다. 현재 광동 제일의 명장은 종리세가와 계약을 체결하고 무기를 납품하고 있다는 정보도 함께 들어오고 있습니다.

서신에 쓰인 것은 그게 전부였다. 그러나 채구혁이 만족할 만한 내용이 들어 있었다. 다른 건 전부 제쳐 두고 신검을 개량한 자가 있다는 것에 놀랐다.

"그 검을 수리하고 개량을 했다고?"

신물이 괜히 신물이겠는가. 제아무리 촌구석에 있는 중

소문파라도 신물이라고 불리는 무기를 다룰 수 있는 대장장이가 몇이나 있을까.

무림맹 내의 전속 대장장이 중 실력 있는 자들이 꽤 있지만, 신물을 수리할 정도의 대장장이는 없다고 해도 무방하다.

그런데 그것을 수리한 것도 모자라 개량을 해 위력을 높였다. 또 그것만이 아니다.

더 중요한 것은 무당파의 제자에게 이와 비견될 만한 검을 줬다는 내용이다. 이건 확실히 주목할 만한 일이었다.

신물이라 불리우는 검과 비견될 검을 한 자루 만들어 주었다?

이건 절대 가볍게 여길 일이 아니었다.

"이 단흑수라는 대장장이에 대해 더 조사하라! 아니, 그 주변 인물에 대해서 알아내는 즉시 상세히 내게 보고하도록!"

                    *   *   *

대회가 진행되면 진행되는 대로 떠들썩하고, 끝나면 끝나는 대로 한바탕 축제가 또 벌어졌다.

여기저기서 폭죽을 터트리는 도시. 참 시끄러운 도시라고 생각하면서 흑수는 종리연과 함께 외출을 나왔다.

흑수는 광동성으로 가기 전까지 쉴 생각이었다. 하지만 종리연이 축제도 끝났고 머리도 식힐 생각이니 같이 걷자고 먼저 말하니 거절할 수 없었다.

종리세가 무인들이 무기를 수리해 달라고 했는데, 결국 일을 하는 도중에 끌려오다시피 했다. 그 덕분에 망치를 두지도 못하고 결국 소지하고 나와야 했다.

'뭐, 괜찮겠지.'

호신용이라고 하기에는 웃기지만 검도 들고 오지 않은 상황이니 망치라도 있는 게 어디냐며 일단 품에 집어넣는 흑수였다.

호위로 따라오는 총백청은 어쩐 일인지 따라오지 않고 흑수에게 호위를 전적으로 맡겨 버렸다.

금관지도 옆에서 이를 거들어 주며 허허 웃음을 지었던 건 아직도 머릿속에서 떨어지지 않았다.

새벽에 자신이 한 말도 있으니 흑수는 알겠다 말하고 그녀와 함께 길을 걸었다.

아직 대회의 여운이 가시지 않았는지, 무인들이 도시 곳곳에 있는 작은 비무장에서 비무를 하기도 했다.

주루에서는 이번 대회에 대한 평을 말하고 있었으며, 행상인들은 무당에서 받아 왔다는 행운의 부적을 팔기도 했다.

그렇게 길을 걷다가 종리연이 멈춰 섰다. 그녀가 멈춘 곳은 제일루였다.

"이곳에서 식사는 어떠세요?"

"저야 좋죠."

흑수가 미소를 지으며 답했다.

제일루에서 식사하는 것은 흑수도 찬성하는 바였다.

하남성에 처음 와서 먹어 본 어육면은 흑수도 좋아하는 요리 중 하나였다.

"아, 술은 두강주를 시킬 거지만, 식사는 다른 걸로 주문해도 괜찮겠죠?"

"예. 아가씨가 먹고 싶은 것이라면 분명 맛있으리라 생각합니다."

어육면 외에 다른 건 먹어보지 않았으니 이 기회에 맛있는 걸 얻어먹을 생각이었다.

제일루 안으로 들어온 그들은 곧 점소이에게 자리를 안내받았다.

"식사는 뭐로 하실 건가요?"

"만두 이 인분, 돼지 훈제 고기, 채소 볶음. 그리고 매운 해물 볶음 요리로 주세요."

"매운 해물 볶음 요리는 상당히 매운데 괜찮으시겠어요?"

"그건 신경 쓰지 말고 아주 맵게 해 주세요."

"그럼 술은 어떤 것으로……."

"두강주로 주세요."

점소이가 주방으로 향했다.

"좀 맵겠지만 괜찮죠?"

"예, 저야 뭐 매운 요리를 좋아하니 별로 상관 안 합니다."

"그러고 보니 흑수 님의 부엌에 갔을 때 고추가 있긴 했죠."

조악설이 병상에 누웠을 때 종리연이 딱 한 번 요리를 해 준 적이 있었다.

매운 요리야 못 먹을 것도 없었다.

간혹 전생에서 먹던 음식 맛이 그리워 매운 요리를 해 먹기 때문이다.

단천수에게 조선의 맛이라며 고추를 어렵게 구해 고추장을 만들고, 비빔밥을 줬을 때 뭐가 이리 맵냐는 말을 들었던 적이 있었다.

지금 생각하면 그래도 음식을 남기는 게 아깝다며 먹어 줬던 게 기억난다.

고작 한 스푼의 고추장만으로 맵다면서 물을 벌컥벌컥 들이켰던 단천수인데, 과연 종리연은 어떨지…….

'기분전환이니까 뭐…….'

매운 것이 스트레스를 풀기에 좋다고 하지 않던가. 그리고 여성들은 주로 먹을 걸로 스트레스를 많이 푼다고 하니 이해하고 넘어가기로 했다.

만두와 채소 볶음 그리고 두강주는 금방 나왔다.

흑수와 종리연은 일단 간단한 요리로 먼저 입맛을 돋우고 술을 한 잔 기울였다.

역시 두강주는 천하의 명주다.

몇 번을 먹어도 질리지 않으니 반드시 몇 동이 사서 광동성에 가져가겠노라고 다짐을 했다.

그렇게 약간의 대화를 나누며 술을 기울이니 어느새 돼지 훈제 고기와 매운 해물 볶음 요리가 상에 차려졌다.

상다리가 휘어질 정도로 많은 것은 아니지만 풍족한 요리들이 상을 차지했다.

흑수는 한편에 만두와 채소 볶음을 먹은 그릇을 치워 두고 가운데에 옮겨 놓았다.

해물 볶음 요리는 붕어와 민물고기가 있었다.

내륙 지방이기 때문인지 흑수가 생각했던 해물들은 전혀 보이지 않았다.

그래도 이 정도면 고급스러운 거라 생각하고는 있었다.

종리연이 먼저 붕어의 살을 발라 양념에 푹 찍어 한 점 먹어 보았다.

"맵네요."

맵긴 한 모양인지 옆에 있던 주전자에서 물을 따라 벌컥 벌컥 마시는 종리연.

그래도 아직 매운 것이 가시지 않았는지 혀를 내밀며 손 부채질을 하고 있었다.

늘 식사 중에도 조심스럽게 먹던 평소의 모습과는 달랐 다. 당분간은 그런 것에 연연하지 않겠다는 모습 같았다.

'저게 더 보기 좋구만.'

어쩐지 딱딱해 보여서 내심 불편했는데 이렇게 보니 자 연스러워 보인다.

이런 모습을 보이는 건 처음인 것 같았다.

인간적인 모습에 흑수의 입가에 미소가 드리워졌다.

"왜 그러세요?"

빤히 자신을 바라보니 괜히 부끄러워진 종리연.

흑수는 좀 실례되는 행동이었다고 생각하며 고개를 저었 다.

"아뇨. 아무것도 아니에요. 저도 한 점 먹어 볼까요?"

흑수는 젓가락을 집어 종리연처럼 붕어의 살 한 점을 양 념에 푹 찍어 먹어 보았다.

한 입 먹어 보고 그의 눈이 초롱초롱 빛나기 시작했다.

'이, 이 맛은?!'

흑수가 허겁지겁 매운 해물 볶음 요리를 흡입하듯 먹기

시작했다. 너무도 그리운 맛이다.

향신료가 들어간 것이 안타깝지만, 한국에서 먹던 맛이랑 비슷했다.

매운 것 때문인지 모르겠는데 전생에서 먹던 맛이 느껴진다.

문어나 낙지 같은 것이 없어 못내 아쉽긴 하지만 이 정도만 해도 충분히 만족스러웠다.

게걸스럽다고 할 정도로 먹고 있자니 종리연이 이를 신기한 듯 바라보았다.

"안 매우세요?"

자신은 한 점 먹고 매워서 물을 마시는데, 흑수는 아무렇지도 않게 먹어 치운다.

심지어 남아 있는 만두에 찍어 먹고 있었다.

저렇게 먹어 대면 최소한 땀이라도 흘릴 법한데, 매운맛을 아예 모르는 것 같았다. 그는 먹는 내내 물을 입에 대지도 않았다.

"예. 맛있는데요?"

"정말 매운 걸 잘 드시네요."

매운 걸 즐긴다는 걸 알았지만 이토록 잘 먹을 줄이야. 그녀는 새삼 흑수의 새로운 모습을 보는 것 같았다.

'음…… 광동성으로 돌아가면 나도 흑수 님의 대장간에

같이 갈 거니까 내가 매운 요리를 해 드려야지.'

종리연이 광동성에 돌아가면 흑수에게 해 줄 요리 중 뭐가 좋을까 생각하고 있을 때, 흑수도 해물 요리를 먹으면서 같은 생각을 하고 있었다.

'광동성에 돌아가면 낙지 볶음을 해 먹어야지!'

고추장이야 조금 남아 있으니 만드는 거야 어렵지 않다.

다만 종리연이나 총백청이 매워할 테니 덜 맵게 만들어야 한다는 단점이 있다.

그래도 자신 것만 따로 맵게 만들면 해결될 일이다. 손이 좀 더 가는 거야 문제가 되지 않으니 말이다.

종리연은 몇 점 집어 먹고 매운 해물 볶음에서 젓가락을 떼고 훈제 고기를 먹었다. 흑수는 술잔을 기울이고 있을 때였다.

"저기, 신검연화다."

"그러게."

"이야, 설마 신검연화를 여기서 볼 줄은 몰랐는걸? 가까이서 보니까 정말 한 송이의 꽃이로군."

세 명의 무인들이 흑수와 종리연이 있는 자리 옆에서 이야기를 나누는 것이 들려왔다.

다른 이들이라면 몰라도 시끌벅적한 곳이라 그들의 대화는 바로 옆에서 듣지 않는 이상 듣기 어려웠을 것이다.

하지만 흑수는 그들의 숨소리조차 들을 정도로 청각이 매우 뛰어났다.

'……신검연화?'

들어보면 이름이 아니라 별호 같았다. 그런데 그 별호가 종리연의 별호와 많이 닮았다.

신검이란 별호를 얻으려면 신검을 들고 있어야 하는데, 흑수가 봤을 때 이 근방에서 신물로 보이는 검은 전혀 보이지 않았다.

'근데 웬 연화?'

흑수가 잘못 들은 것도 아니고 그들이 잘못 말한 것도 아니다.

혹시 자신이 오해하고 있는 것일 수 있다.

그들이 말하는 신검연화가 종리연이 맞는지 확인하기 위해 흑수는 못 들은 척 그들의 대화에 귀를 기울였다.

"그 화려한 칼. 참으로 대단했지."

"마치 춤을 추는 것 같이 아름다운 모습이었어. 화산파의 채소영과의 대결에서는 더더욱 빛을 발했지."

"허허허. 맞아, 맞아. 청유심협과의 비무에서는 더욱 치열했고 말야."

더 안 들어도 알겠다. 아무래도 종리연이 맞았다. 여협이 아닌 연화. 이게 무슨 뜻인지 흑수는 쉽사리 알 수 있었다.

연할 연(軟), 꽃 화(花).

신검연화(神劍軟花).

풀어서 말하자면 신검을 들고 다니는 연약한 꽃이다.

종리연을 조롱하는 별호였다.

당사자가 바로 옆에 있는데 그리 조롱하다니. 아무리 목소리를 낮게 깔고 말해도 다 들리니 괜히 기분이 나빠진 흑수였다.

거기다 조금씩 이쪽을 흘깃거리는 시선이 느껴진다. 그것이 더욱 마음에 들지 않았다.

살짝 종리연을 바라보니 그녀는 담담히 술을 마시고 있었다. 그러고는 미소를 지으며 그가 하고 싶은 말을 읽었는지 곧장 대답했다.

"저는 괜찮아요. 사실인걸요."

"……."

당사자가 괜찮다고 하니 흑수가 나서는 것도 이상한 일이다.

그냥 조용히 술이나 마시고 가자며 흑수도 그녀처럼 술잔을 기울였다. 이대로 모르는 척 넘어가자고 생각하는 것이다.

방금 전까지는 술이 맛있었는데 기분이 좀 상하니 맛이 그리 좋은 것 같지 않았다. 씁쓸한 맛밖에 나지 않았다.

그렇게 조용히 술을 기울이자 옆에서 종리연에 대해 말하고 있던 삼인방이 일어나며 그들의 곁으로 다가왔다.

"소협. 혹시 실례지만 합석이 가능하겠습니까?"

무슨 의도로 온 건지 뻔히 보인다. 능글능글한 표정을 보아하니 치근덕대려는 것이 눈에 보였다.

흑수가 일어나 그들을 제지하려 하자, 종리연이 먼저 나섰다.

"죄송하지만 일행과 함께 식사 중입니다. 자리도 많고, 합석할 이유도 없는 것 같으니 돌아가 주세요."

단칼에 거절하는 종리연. 아무렇지 않은 척했지만 내심 속으로 마음에 들지 않았던 모양이다.

솔직히 말해 자신을 조롱하는데 그 누가 좋아할까. 흑수라도 누가 면전에 대고 욕을 했으면 바로 한바탕했을 것이다.

"에이, 빼지 마시고 함께 즐기시지요? 저희가 생긴 건 이래도 나름 풍류를 아는 놈들입니다. 하하하!"

보아하니 불혹(不惑)의 나이로 보이는데 치근덕거리다니. 그것도 한 문파의 아가씨에게 말이다.

술도 많이 마시지도 않았고, 얼굴색도 멀쩡한 걸 보니 맨정신으로 하고 있는 말이다. 눈에 보이는 게 없어 보였다.

"허허, 사실은 신검 한번 보고 싶어서 이리 와 봤습니다.

그것만 잠깐 보여 주시면 물러가겠습니다."

무인에게 칼을 보여 달라고 하다니.

아무리 강호에 대해 모르는 흑수라도 무인이 한 번 칼을 뽑으면 결코 그냥 끝나지 않는다는 걸 안다.

아무 사이도 아닌 상대방에게 칼을 보여 달라고 하는 건 도대체 어디서 나온 생각일까?

한심해서 눈물이 다 나올 것만 같았다.

"죄송하지만 함부로 보일 수 없는 물건인 데다 지금은 가지고 있지 않습니다. 돌아가 주세요."

"이거 참. 사람 민망하게. 그러지 말고……."

절대 물러날 기색이 보이지 않자 흑수가 자리에서 일어나 그들을 제지했다.

나서지 않으면 자기들이 알아서 옆자리를 꿰차고 앉을 것 같은 느낌이 들었기 때문이다. 총백청도 없는 이상 종리연을 지켜야 하는 건 흑수였다.

"돌아가시죠. 상대방이 싫어하면 물러날 줄도 알아야 하는 법입니다."

흑수의 말에 불혹의 무인이 발끝에서 머리까지 그를 훑어보았다.

무복 차림이 아니라 대장간에서 일할 때 입는 옷을 입고 온 터라 고개를 갸웃거렸다.

허름한 옷에 팔랑거리는 옷이 너무도 비루했기 때문이다.

이런 녀석이랑 같이 자리를 하고 있다는 것이 이해가 되지 않는다는 듯 그들은 흑수와 종리연을 번갈아 보았다.

"넌 뭐야?"

"대장장이입니다. 그리고 반말하지 마시지요."

"대장장이?"

그러고 보니 어디서 많이 본 옷이다 싶었는데 대장간에서 대장장이들이 많이 입는 옷이다.

이를 보고 기가 막힌다는 듯 그가 헛웃음을 자아내더니 험상궂게 인상을 쓰며 흑수를 노려보았다.

"대장장이가 어디서 끼어들어? 다치기 싫으면 얌전히 찌그러져 있어."

자신을 무시하는 말을 들으니 흑수의 얼굴도 같이 일그러진다.

"반말하지 말라고 했습니다."

"왜, 때리게? 이게 작은 문파의 아가씨와 친분이 있어 이리 나대는 것 같은데. 다음부터는 조심하는 게 좋아. 난 냉혈혈퇴(冷頁血槌) 장철위다. 내 별호나 이름 석 자 정도는 비천한 대장장이라도 한 번쯤 들어 봤을 테지?"

그러고 보니 장철위는 검을 들기보다 철퇴를 들고 있었다. 안팎의 끝이 동그랗고 울퉁불퉁한 쇠몽둥이.

전장에서 검이 주력이기도 하지만, 철퇴는 갑주를 입은 이에게 큰 충격을 줄 수 있는 무서운 무기 중 하나다.

육 척은 좋게 되는 그 무기를 한 손으로 잡는 것에서 그의 힘이 느껴진다. 위압감이라고 할까.

모든 이들이 공통적으로 느끼는 것이지만, 흑수가 보기에는 별 느낌이 없다. 저런 걸로 자신의 힘을 자랑하고 싶을까.

황당한 표정을 짓는 흑수지만, 장철위는 상대가 자신의 이름을 듣고 겁을 먹었다 생각해 더욱 의기양양해졌다.

"감히 대장장이 따위가 어르신들의 사이에 끼지 말라고. 내 오늘 기분이 좋아 이 정도로 넘어가 주도록 하지. 다음에는 조심하라고."

흑수의 얼굴은 더욱 황당함에 물들고, 녀석이 기세 좋게 앞으로 한 걸음 내디뎠다. 흑수는 장철위의 철퇴를 붙잡았다.

"그 이상 다가가지 마라."

"어쭈, 말이 짧다? 왜. 다가가면 때리게?"

"어."

"어? 방금 어라고 했냐?"

이제 봐주지 않겠다는 듯 철퇴를 들어 머리를 찍으려는 장철위. 하지만 어찌 된 것인지 그의 철퇴는 미동조차 없었다.

'무, 무슨 놈의 힘이⋯⋯?!'

흑수는 긴 막대 부분을 꽉 움켜쥐고 놔주질 않았다. 그리고 그를 노려보며 한마디 했다.

"내가 반말하지 말랬지?"

그 순간, 미처 반응하기도 전에 흑수의 주먹이 장철위의 얼굴에 꽂혔다.

제7장
대력추

　장철위가 요란스러운 소리와 함께 허공에 붕 뜨더니 방금
전 자신이 앉아 있던 탁자를 부수고 마루 바닥에 쓰러졌다.

　그의 동료들은 이게 무슨 일인가 싶어 멍하니 장철위를
바라보고 있었다.

　흑수는 쯧쯧 혀를 차며 기절해 있는 장철위를 시선도 주
지 않고 그가 들고 있는 것을 바라보았다.

　그는 장철위의 철퇴를 한 손으로 들고 있었다. 자신의 흑
수의 키만큼 큰 철퇴인데 살짝 붉은빛이 감돌고 있었다.

　'피를 묻히고 제대로 안 씻어서 녹슬고 있군.'

　죽고 죽이는 곳이 강호이다 보니 분명 사람의 피를 묻혔

을 것이다. 손때도 좀 묻었고, 약간 생채기도 난 것을 보니
꽤 오랫동안 사용해 온 것 같았다.

'누가 만들었는지 몰라도 참 잘 만들었네.'

이놈의 직업병. 흑수는 자신도 모르게 철퇴를 보고 절로
감탄했다.

철퇴를 만들어 본 적은 없지만 외견을 보아 자신도 충분
히 만들 수 있을 것 같았다.

틀을 만들고 끝 부분만 뭉툭하게 만들면 끝이다. 비교적
간단히 만들 수 있을 것 같았다.

흑수는 철퇴를 이리저리 휘둘러보았다. 약간 무게가 있긴
하지만 솔직히 말해 무리 없이 휘두를 만큼 가벼웠다.

고작 이런 걸로 으스대다니. 참 가소롭기 짝이 없다. 하룻
강아지 범 무서운 줄 모른다는 말이 이런 건가 싶었다.

녀석의 동료 중 한 명이 정신을 차리고 흑수를 바라본다.

'뭐, 뭐지. 방금 그 움직임은?'

귀신같이 잽싼 움직임에 그들이 당혹해하는 게 눈에 보였
다.

"넌 누구냐?"

한 녀석이 나름 용기를 내어 흑수에게 정체를 물었다. 하
지만 흑수는 오히려 더 기분 나쁜 표정을 지었다.

"끝까지 반말이네?"

이 녀석들은 도대체 예의범절을 배우기는 했나, 하는 생각이 들었다. 흑수는 녀석의 철퇴를 옆으로 쓰레기 던지듯 버렸다.

쿵! 하는 묵직한 소리와 함께 마룻바닥이 움푹 파였다.

정체를 말할 생각도 없고, 적대하는 줄 알고 녀석들이 자신이 들고 있는 무기를 꺼냈다. 한 녀석은 검을 꺼낸 반면, 남은 한 녀석은 창을 쥐고 흑수에게 겨누었다. 흑수는 품에 지니고 있던 망치를 꺼냈다.

설마 미처 두고 오지 못한 망치가 이렇게 쓰일 줄은 꿈에도 몰랐다.

그들도 흑수가 다른 것도 아니고 망치를 꺼낼 줄 몰랐다는 표정이지만 그래도 주의하고 있었다. 장철위를 주먹 한 방에 보내 버렸으니 방심하지 못하는 것이다.

'장철위란 자와 거의 비슷한 경지인가?'

두 명 다 장철위와 나름대로 친분도 있고, 경지도 엇비슷했다. 둘 다 일류 정도 되는 것 같았다.

그들의 무기도 장철위의 철퇴처럼 약간 붉은색을 띠고 있었다. 주변에 있던 사람들 중 누군가가 붉은색을 띠고 있는 무기를 보고 소리쳤다.

"냉혈혈검 하초익이다!"

"그럼 그 옆은 냉혈혈창 류청악?!"

참 셋이서 잘도 논다는 생각이 들었다. 무슨 짓을 하고 돌아다닌 건지 몰라도 다들 거의 똑같은 별호를 가지고 있었다.

그들을 알아보는 사람들이 있자, 하초익과 류청악이 씨익 웃었다. 갑자기 자신감이라도 생긴 것처럼. 그러다가 곧 또 다른 사람이 소리쳤다.

"잠깐 그러고 보니 저 대장장이, 어디서 많이 봤나 했더니 묘수신장이었어!"

'윽!'

역시 자신을 알아보는 이가 있었다.

흑수가 괜히 찔린 표정을 짓고, 하초익과 류청악이 어떻게 대장장이가 장철위를 쓰러뜨렸는지 알 수 있었다.

"오호라. 묘수신장. 네놈이 그놈이었구나."

"그래, 일개 비루한 대장장이가 우리 형님을 그렇게 쓰러뜨릴 수 있을 리가 없지."

이제야 뭔가 뻥 뚫렸다는 듯 그들이 다시 미소를 짓는다.

하북팽가의 천재라고 알려진 관우진을 기묘한 손놀림으로 이겼다고 하나 그래도 일개 대장장이.

애초에 관우진은 나이가 어린 것에 비해 실력이 뛰어난 것이지, 자신들의 힘에 못 미친다고 생각하고 있었다.

"오늘이 네놈 제삿날인 줄 알아라!"

무공을 배웠어도 한낱 대장장이! 자신들에게 실력이 되지 않는다는 생각에 그들이 먼저 달려들었다.

실력은 대충 일류쯤. 종리연보다 조금 더 강한 정도로 느껴졌다.

확실히 녀석들이 창과 검을 휘두르는 데 있어 노련함이 보였다. 하지만 그뿐. 흑수의 눈에는 너무도 느릿느릿한 검이다.

강호에서는 어느 정도 먹고살 만한 경지일 것 같긴 하지만 상대를 잘못 만났다.

깊게 파고들며 찔러 들어오는 하초익.

흑수는 망치에 내력을 불어넣고 먼저 하초익의 검을 힘껏 내리쳤다.

대장장이인 흑수는 한눈에 그의 검을 보고 어디가 가장 취약한 부분인지 알았고, 가장 취약한 부분을 노린 것이다.

쩌적!

"허억!"

하초익의 두 눈이 휘둥그레졌다.

고작 망치 한 번 내리치는 걸로 그의 검에 금이 가더니 곧 깨져 버렸기 때문이다.

흑수는 여기서 멈추지 않고, 몸을 회전시켜 뒤후리기로 녀석의 얼굴을 힘껏 찼다.

회축이라고도 불리는 뒤후리기는 상대를 제압하는 데 뛰

어난 발차기 기술 중 하나이다. 녀석의 몸이 순식간에 뒤로 넘어가며 기절한다.

"이 자식이……!"

류청악이 창을 힘껏 찔러 들어왔다.

현란한 발재간으로 거리를 어느 정도 벌리며 상대를 공격하는 창. 하지만 오히려 그것이 독이 되어 버렸다.

흑수는 재빨리 뒤로 빼려는 녀석의 창대를 붙잡아 내기를 불어 넣은 망치를 날에 힘껏 내리쳤다.

창대와 함께 조각조각 부서진 창. 녀석의 얼굴이 흙빛으로 변하는 것은 순식간이었다.

흑수는 망치를 위로 던지고, 순식간에 녀석의 품에 파고들었다.

"다음부터는 상대를 봐 가면서 시비 걸어라. 알겠냐?"

그 말을 끝으로, 흑수가 주먹을 꽉 움켜쥐고 녀석의 턱을 향해 힘껏 올려쳤다. 빠르고 현란하며 군더더기 없는 동작. 녀석의 몸이 붕 뜨고, 곧 하초익과 마찬가지로 땅에 엎어져 기절해 버렸다.

결국 '냉혈혈' 별호 형제들은 흑수에게 이렇다 할 실력도 보이지 못하고 기절해 버렸다.

흑수는 떨어지고 있는 망치를 잡아 다시 품에 집어넣으며 뒤를 돌아보았다.

종리연은 그 자리 그대로 앉아서 그가 하는 싸움을 구경하고 있었다. 이를 지켜보던 사람들 중 몇몇이 박수까지 치고 있었다.

"일냈네요. 이만 갈까요?"

흑수가 머쓱한 표정으로 뺨을 긁었다. 이 난리가 났으니 술맛이 달아나는 건 당연한 반응이다.

종리연도 흑수처럼 술맛이 싹 달아난 상태다. 그래도 그녀는 미소를 짓고 있었다.

괜찮다고는 했지만 내심 그들이 하는 말에 기분이 언짢았던 그녀였기에, 흑수가 시원하게 일을 마무리해 준 덕분에 체증이 가라앉는 기분이었다.

"저기……."

비단옷을 입고 거대한 체구의 남성이 어색하게 웃으며 흑수에게 다가왔다. 그는 손을 비비며 땀을 뻘뻘 흘리고 눈치를 보고 있었다.

"아."

흑수는 이 사람이 누군지 대충 눈치챘다.

아마 제일루의 총관이나 주인일 것이 분명했다.

싸우면서 상이 부러졌고, 철퇴를 던지면서 마룻바닥은 파손됐다. 싸운 이가 이를 변상해 줘야 했다.

"걱정 마세요. 변상해 드리죠."

"감사합니다요, 대협."

나이도 자신보다 한참 어린데 대협이라고 말하는 그를 보며 제일루의 주인도 강호인에게 눈치를 많이 보는구나 싶었다.

흑수는 장철위, 하초익, 류청악에게 다가가 품을 뒤지자 종리연이 물었다.

"흑수 님. 뭐 하세요?"

"이 녀석들이 먼저 시비 걸어서 일어난 일인데 제 돈으로 변상할 이유가 있나요."

"……."

흑수는 기어코 그들의 품을 뒤져 돈주머니를 꺼냈다.

들어 있는 돈은 얼마 없었지만 충분히 변상할 만큼의 금액은 되고도 남을 것이다. 남은 금액은 녀석들이 먹은 술값 정도는 될 것이다.

"세어 보세요. 부족하면 말씀하시고요."

"이 정도면 충분하죠."

"그리고 저 녀석들은…… 뭐 알아서 하겠죠. 아가씨, 이만 가시지요."

흑수가 시선을 피하며 어깨를 으쓱하고 종리연에게 다가갔다.

종리연은 매번 느끼는 것이지만, 흑수는 정말 자신에게

시비를 걸거나 피해를 끼치는 사람에게는 자비가 없다는 걸 새삼 깨달았다.

사람이 살면서 이런 면이 있어야 하긴 하겠지만 그래도 사람이 최소한 해 줘야 하는 게 있는 법이다.

"흑수 님 잠시만요."

종리연은 나가기 직전, 제일루의 주인에게 다가갔다. 그러더니 품에서 금자 닷 냥을 꺼내 손에 쥐여 주었다.

"여기 저 사람들 치료비요. 저 사람들이 완쾌할 때까지 보살펴 주세요."

"예, 예. 물론입죠."

오히려 치료비치고 많았기에 제일루의 주인의 얼굴에 웃음꽃이 피었다.

있는 놈이 더하다고, 흑수는 제일루의 주인을 보며 그런 생각을 하며 좀 못마땅한 표정으로 종리연에게 물었다.

"아가씨. 저놈들 치료비를 왜 저리 많이 주신 거예요?"

"이 정도를 주지 않으면 제대로 치료해 주지 않을 테니까요."

"그게 아니라 굳이 그럴 필요가 있었냐는 거죠."

정말 가차 없을 때는 끝까지 이러는구나.

이런 모습은 살짝 실망이긴 하지만 그래도 자신을 위해 행동하게 된 것이니 딱히 나쁜 기분만은 아니었다.

일을 좀 크게 벌였어도 모든 걸 봤을 때 자신을 위해 막아 준 것이니 오히려 점수는 조금 더 높게 쳐 줄 정도였다.

종리연은 미소를 지으며 대답했다.

"사람이 도리가 있죠. 아무리 시비를 걸었다 하더라도 이 정도는 해 줘야죠."

"아가씨는 너무 착해서 탈입니다."

"흑수 님은 너무 불같은 성격이세요. 흑수 님의 할아버지 도 그러셨다고 하시지 않으셨나요?"

그 말에 흑수가 흠칫하며 큼큼 헛기침을 했다. 단천수가 싫은 건 아니지만 조악설에게 들었던 단천수의 얘기가 현재 자신과 비슷했기 때문이다.

불같이 화를 내고, 금방 싸우고.

약간의 차이는 있지만, 흑수도 다르다고 볼 수는 없는 상황이었다.

'할아버지가 열 받아도 성질을 최대한 죽여야 하는 곳이 강호라고 했지.'

힘 있는 자가 진리가 되는 곳이 강호. 그들이 흑수보다 약했기에 망정이지, 만일 강자였다면 흑수는 지금 이 상황에서 살아남기 힘들었을 것이다.

'그래. 조심해야지. ……이미 늦은 것 같긴 하지만.'

지금부터 조심하면 그래도 괜찮을 거라 생각했다. 어차피 곧 다시 광동성으로 돌아가면 이런 귀찮은 일도 없어질 테니까.

"음…… 그러고 보니 좀 그렇군요. 성질을 죽이도록 하죠."

"네. 꼭 그러세요. 제가 옆에서 말려드릴게요."

"그렇다면 감사하죠."

종리연이 말려 주면 괜찮아질 거라 생각하며 흑수와 종리연은 다시 전각으로 되돌아갔다.

*　　*　　*

이튿날.

종리세가의 무인들이 열정적으로 수련에 임한 덕분에 검을 수리하러 오는 무인들의 수가 급격히 늘었다.

누구는 검을 부러뜨렸고, 누구는 검의 이가 나가 갈아야 했다.

그래 봤자 열 명 정도지만 흑수 혼자서 칼날을 갈거나 새로 만들어야 했기에 일거리가 많을 수밖에 없었다.

'어휴, 연습용 검으로 하지, 왜 진검으로 해서.'

비무 대회에 왔으니 진검으로 연습해 부상을 당하는 이들도 적잖아 있다. 다행히 부상을 당해도 경상 정도지만, 금관지는 말리거나 하지 않았다.

오히려 수련에 더욱 매진하니 부상에 주의하고 열심히 하라고 부추기고 있는 실정이다.

일거리가 생겨 심심하지는 않지만 이럴 거면 좀 빨리 되돌아갔으면 하는 흑수였다.

물론 종리세가의 무인들이 집을 관리해 주고, 피해를 받은 마을 사람들을 돕고 있다는 소식이 들려와 그런 걱정은 하지 않아도 된다.

그래도 좀 오랫동안 이곳에 있는 덕분에 이제 슬슬 집이 그리워지고 있는 실정이다.

언제 광동성에 갈 건지 종리연에게 물어보니 종리세가도 무림맹에서 주최하는 회의에 참가하기로 되어 있다는 모양이다.

용봉 비무 대회에 참가한 문파들이 전부 모이는 자리라는데, 금관지처럼 문파 내에서 장로급들이 가는 자리라 종리연이나 흑수에게는 다른 얘기다.

회의가 완전히 끝난 이후에 갈 거라고 하니 종리연도 언제 끝나게 될지 모른다고 한다. 회의란 게 참 길게 일정을 잡고 꾸준히 하는 거구나 하는 생각이 든다.

흑수는 검날을 갈고 나서 이제 부러진 검을 수리하려던 참이다.

"아, 재료가 다 떨어졌네."

자루에 담겨 있던 철괴를 찾으려 하니 텅 비어 있었다. 종리세가에서 지내는 동안 관리하는 사람은 흑수다. 어제 채워 넣으려 했는데 종리연과 함께 외출하는 바람에 깜빡하고 말았다.

결국 하는 수 없이 흑수는 재료를 사기 위해 일단 종리연에게 보고하기로 했다. 금관지는 지금 회의에 갔기 때문에 없어 종리연에게 가게 된 것이다.

흑수가 종리연에게 철괴가 떨어졌다고 보고하자, 그녀가 의아한 듯 그를 바라보았다.

"벌써 철괴가 떨어졌나요?"

"어제 말하려고 했는데 깜빡해서요."

그가 머리를 긁적였다.

종리연은 어제 자신이 거의 억지로 끌고 가다시피 했는데 그것 때문이라 생각하며 미안해했다.

"얼마나 필요하세요? 말씀하시면 수량만큼 사서 드릴게요."

"그리 많은 양이 아닙니다. 제가 직접 가서 사오겠습니다."

"기별을 넣으면 알아서 배달을 해 줄 텐데 굳이 직접 가실 필요가 있으신가요?"

"배달을 시킬 만큼 많이 사러 가는 것도 아니고, 무엇보다 질 낮은 걸로 줄 가능성도 배제할 수 없으니까요."

설마 질 낮은 걸로 주겠느냐만은 그래도 혹시 모르는 일이다. 일단 직접 가서 확인하고 가지고 오는 게 확실했다. 광물에 대해 모르는 종리연보다 흑수가 이를 더 잘 알 테니 납득하며 고개를 끄덕였다.

"그럼 그렇게 하세요. 나중에 따로 철광석을 사 온 금액을 말씀해 주시고요. 아, 호위도 붙여드릴까요?"

"금방 갔다 오는 거리인데 괜히 인력을 낭비할 수는 없죠. 게다가 다들 열심히 수련하는데 같이 가자고 하는 건 방해하는 거잖아요."

종리연은 알겠다며 그의 의견을 적극 수렴해 주었다.

금관지가 회의에 가 있는 동안은 종리연이 이곳에 있는 일을 전부 처리해야 하기 때문에 그녀가 따라갈 수는 없었다.

흑수는 인사를 하며 전각 밖으로 나왔다.

부족한 재료들을 검토하고 종이에 사야 될 품목들을 적어 품에 넣었다. 그리고 만일에 대비해 망치도 들고 나왔다.

어제 사용해 본 바, 망치도 충분히 쓸 만한 무기라고 판단한 것이다. 휴대하거나 숨기기도 편하니 호신용으로도 제격이다.

굳이 눈에 띄지 않게 허리춤에 도갑을 차지 않아도 되니 편하기도 했다.

그렇게 흑수는 근방에 있는 광산으로 향하고, 얼마 지나지 않아 철광석과 석탄을 한 자루씩 살 수 있었다.

생각보다 질이 좋은 데다 값이 싸서 놀랐다. 절로 휘파람이 나왔다.

가벼운 발걸음으로 다시 돌아가는데, 한 무리가 이쪽으로 다가왔다.

'화산파?'

용봉 비무 대회를 관전하면서 각 문파의 무복을 본 흑수다.

덕분에 그는 그들의 무리가 화산파에서 온 사람인 것을 알 수 있었다.

무엇보다 종리연과 비무에서 대결했던 채소영도 그 무리 중 한 명이었다.

점잖게 생긴 젊은 무인. 이립 정도 되어 보이는 사람이었다.

그냥 지나쳐 가는 거겠지 생각했지만 진행 방향으로 볼 때 이쪽으로 정직하게 오고 있었다.

기분 탓이겠거니 생각하며 갈 길 가려는데 그쪽에서 그를 불러 세웠다.

"잠시 멈춰 주십시오. 혹시 성함이 단흑수 아니십니까?"

"예? 제가 단흑수가 맞습니다만……."

화산파에서 자신을 알고 있다니. 흑수가 의아하다는 듯 바라보았지만, 화산파 무인은 밝게 웃으며 포권했다.

"화산파의 구종천이라고 합니다."

"예? 아, 예. 아시는 바와 같이 단흑수입니다."

얼떨결에 자루를 내려놓고 같이 포권을 한 흑수.

자신의 얼굴을 알고 있다는 것에서 좀 의아하긴 했지만, 이곳에서 두 번 정도 난리를 피웠으니 알아보는 것도 이상하지 않겠다는 생각이 들었다.

"묘수신장 단흑수를 이렇게 뵙다니. 하하하! 직접 눈앞에서 본 것은 처음입니다."

"그러십니까?"

그냥 대충 짚었다가 맞은 건가 싶어 흑수는 간단하게 대답만 하다가 헤어지자고 생각할 때였다.

"화산파의 구종천이 묘수신장 단흑수에게 비무를 신청합니다."

"예?"

흑수는 자신이 잘못 들었나 싶어 귀를 의심했다. 하지만 그는 다시 한 번 더 비무를 신청한다 말했다. 잘못 들은 것이 아니었다.

"죄송하지만 비무는 받아들일 수 없습니다."

"겁이 나십니까?"

도발하려는 것 같은데, 흑수는 그 정도로 도발에 걸려들지 않는다. 기분이 살짝 나쁘기야 하지만 이 정도는 뭐 그냥 넘어가 줄 수 있는 정도다.

어제 화를 좀 죽이기로 했으니 어지간히도 심한 모욕이 아닌 이상 그냥 넘어가 줄 생각이다.

"무공을 배우긴 했지만 전 대장장이입니다. 할 일이 있으니 비무를 받아들일 수 없으니 양해해 주십시오."

정중히 거절하며 고개를 숙이는 흑수. 그가 다시 자루를 들고 옆으로 피해 가려는 그 순간이었다.

한순간이지만 흑수는 구종천이 검을 뽑는 것을 보고 황급히 허리를 뒤로 젖혔다.

그의 검이 빗겨 나갔지만, 자루를 베고 지나가 안에 들어 있던 석탄과 철광석이 우르르 떨어졌다.

"어이쿠, 죄송합니다. 이럴 생각은 아니었는데. 하하하!"

표정을 보아하니 정말 이럴 생각은 없던 것 같지만, 모든 것을 떠나 기분이 확 상하는 흑수였다.

'화산파가 나랑 무슨 척을 졌다고 이러는 건데?'

의식하지 않은 동안 화산파에게 뭔 일을 저질렀나 생각했지만, 딱히 그런 적도 없었다.

혹시 그럼 종리연이 패배한 것으로 앙심을 품고 자신에게 화풀이를 하려는 건가 싶었다.

그게 더 신빙성 있지만 그것도 아닌 것 같은 생각이 들었다. 그의 눈빛은 마치……

"예, 순전히 호기심입니다. 기묘한 손놀림과 귀신같은 움직임이 무엇인지 직접 보고 싶었습니다."

생각을 읽기라도 하듯 대답한 구종천. 흑수가 언짢은 표정을 숨기지 않았다.

"민폐라는 생각은 안 하십니까?"

"그건 사과드리겠습니다."

사과만 한다고 다 되는 줄 아느냐는 듯 바라보았지만, 구종천은 여전히 웃는 낯짝이다.

흑수는 한숨을 내쉬더니 이미 내용물이 전부 쏟아진 자루를 옆에다 버려 두었다.

"일단 그쪽에서 먼저 이렇게 만든 거니까 자루를 따로 구해서 담아 주세요."

"예, 물론입니다."

그 말이 떨어지기 무섭게 그를 호위하던 제자들이 재빨리 움직이며 어디에서 자루를 구해와 석탄과 철광석을 담기 시작했다.

눈치도 눈치지만, 이런 것에 군더더기 없는 행동이다. 옆에서 지켜보던 채소영이 한숨을 내쉬고 있었다.

보아하니 아무런 제지도 하지 못하는 걸 보니 채소영도

말리지 못하는 사람 같았다.

'익숙한 것 같네.'

윗사람의 작은 행동으로 아랫사람이 크게 고생한다는 말이 딱 이럴 때 쓰는 말이라는 걸 느낀 흑수였다.

그들이 일사천리로 일을 해결하거나, 다른 이들이 한숨을 내쉬는 것을 보니 한두 번 해 본 있는 일이 아니었다.

"뭐, 그냥 가볍게 한번 비무해 보는 건 어떻겠나?"

보아하니 거절한다 해도 어떤 수를 써서라도 비무를 하자고 자꾸 귀찮게 굴 것 같아 그는 한숨을 내쉬며 알겠노라고 대답했다.

구종천은 만족스럽게 웃더니 일단 근처에 있는 넓은 공터 같은 곳으로 향했다.

이곳에서 몇몇 이 비무를 했는지 많지는 않지만 군데군데 핏방울이 떨어진 흔적이 보였다.

"자, 그럼 한번 즐겁게 해 보자고."

흑수는 마지못해 품에 지니고 있던 망치를 꺼냈다. 최대한 다치지 않게 하면서 기분 나쁜 걸 표출시키자고 생각했다.

무기가 파괴돼도 저쪽에서 할 말은 없겠지, 라고 생각했다. 비무의 심판은 채소영이 맡기로 하였다.

죽이는 것은 금지, 상대를 제압하거나 전투 불능 혹은 항복하면 즉각 경기 종료였다. 구종천이 검을 뽑았다.

"일단은 가볍게⋯⋯."

흑수는 그가 말을 채 마치기도 전에 먼저 달려들었다. 구종천이 깜짝 놀라 급히 몸을 틀어 그가 휘두르는 망치를 피했다.

"준비도 안 했는데 바로 덤비는 법이 어디 있나!"

"죄송하지만 비무를 해 본 적이 없는 대장장이라서 말입니다!"

흑수는 일단 비무는 비무고, 기분 나쁜 것부터 풀어야겠다는 속셈이 강했다.

그는 틈을 주지 않고 구종천을 계속 몰아붙였다.

비무 대회에 참가하지 않은 것으로 알고 있는데, 아마 참가할 연령이 지나서가 아닐까란 생각이 들었다.

용봉 비무 대회의 참가 가능한 나이는 이립이 되지 않은 이들만 가능하기 때문이다.

흑수는 망치를 휘두르면서도 발차기와 주먹을 아낌없이 쏟아부었다. 처음 보는 동작에 깜짝 놀란 구종천.

몇 번의 공격을 허용했지만 가벼운 공격이라 아프진 않았다.

"그런 솜방망이 주먹으로 날 어찌하지 못하지!"

허나 이건 흑수가 노린 것이다.

그는 일부러 구종천에게 가볍게 왼손으로 잽을 날려 가까이 오면 견제를 했다.

복싱을 모르는 이곳에서는 자신을 무시하고 있다고 생각이 드는 데다가 맞으면 기분이 나쁘기 때문에 도발하는 것에는 최고였다.

이에 보기 좋게 넘어간 구종천은 검을 휘둘렀고, 흑수의 눈빛이 변했다. 그는 이 순간만을 노렸다.

순간 그의 눈빛이 바뀐 것을 알아차린 구종천. 검을 되돌리려고 했지만 휘두른 검을 다시 멈추기에는 너무 늦었다.

흑수는 망치에 내력을 싣고서 그의 검을 향해 있는 힘껏 휘둘렀다. 그리고 망치와 검이 부딪치며 낭랑한 소리가 울려 퍼졌다.

동시에 구종천의 검이 파괴되었다. 무기가 파괴되고 조각조각 땅에 떨어지자 순식간에 멍한 상태가 되어 버렸다.

승자는 정해진 상태. 하지만 설마 검이 부서질 줄은 몰랐기에 채소영이 입을 벌린 채 승자를 발표할 생각을 하지 못했다.

흑수는 망치를 회수하고 품에 집어넣었다.

"다음부터는 이런 일이 없었으면 좋겠습니다. 되도록 강호 일에는 엮이고 싶지 않으니까요."

비무를 먼저 하자고 도발한 쪽은 구종천이니 자신에게 해코지하면 화산파에 안 좋은 영향이 있을 것이다. 또한 승자는 흑수이다.

그렇기 때문에 당당히 그에게 앞으로 자신과 엮이지 않았으면 좋겠다 말하고는 자루를 들어 유유히 자리를 떴다.

채소영이 구종천에게 다가오며 그의 안위를 걱정했다.

"사형. 어디 다치신 곳은 없으세요?"

구종천은 말이 없다. 하지만 곧 그의 입에서 바람이 새는 소리가 들려왔다.

"하, 하하하하!"

그 소리는 곧 폭소로 변했다. 그가 사라지고 멍하니 있던 구종천이 갑자기 크게 웃음을 터트리자 채소영이 당황한 표정을 지었다.

'드디어 미친 건가?'

사형에게 할 생각은 아니지만 워낙 괴짜라서 구종천을 아는 사람이라면 이런 생각은 누구나 품고 있었다.

같은 스승에게 수련을 받으며 같이 지낸 채소영이라고 다를 바 없었다.

"어제 냉혈혈검과 냉혈혈창의 무기를 망치로 파괴했다는 말이 사실이었군."

자신의 무기가 파괴되었음에도 재미있었다는 것에 웃는 구종천. 그러더니,

"아, 근데 이거 윗선에 들어가면 어떻게 되는 거지?"

자신의 잘못이 알려지면 어떻게 될지 뒤늦게 생각하게 된 구종천. 채소영이 한숨을 내쉬며 시선을 피하며 모르는 척 했다. 그것은 다른 이들도 마찬가지였다.

"뭐, 어떻게든 되겠지?"

구종천은 어깨를 으쓱이며 이내 곧 신경을 끄기로 했다.

오늘만 살기로 유명한 그는 나중에 벌어질 일은 별로 걱정하지 않는 성격이기도 했다.

*　　　*　　　*

"아가씨. 다녀왔습니다."

"예, 흑수 님. 좀 늦으셨네요. 별일⋯⋯."

종리연이 말을 하던 도중 흑수의 몰골을 보고 화들짝 놀랐다.

"흑수 님. 도대체 무슨 일이 있던 거죠?"

처음 나갔을 때와 상반된 표정이다. 나름 활기 넘치던 그의 표정이 지금은 피곤에 찌들어 있었다. 그가 가지고 온 것은 석탄과 철광석 한 자루씩이다.

무겁긴 하지만 힘이 센 흑수라면 이 정도는 아무렇지 않게 가지고 올 무게였다. 그런 그가 이런 모습을 보이니 놀랄 수밖에.

"석탄 한 자루, 철광석 한 자루 해서 은자 열다섯 냥입니다……."

"흑수 님 그게 아니라 무슨 일이……."

"아가씨. 제가 좀 피곤해서 그런데 이만 물러가도 될까요?"

종리연은 무슨 일인지 물어보지 못하고 지금 당장 쓰러질 것 같은 표정이니 결국 고개를 끄덕여야 했다.

흑수는 인사를 하고 들고 온 자루를 챙기지도 않은 채 터벅터벅 걸어갔다. 그리고 숙소로 가는 길에 총백청을 만났다.

"자네 왜 그리 피곤한 얼굴인가? 무슨 일 있나?"

"아, 총 무사님. 아무것도 아닙니다."

그러더니 흐느적거리며 돌아가는 흑수. 총백청이 의아한 듯 그의 뒷모습을 바라보며 고개를 갸웃거렸다.

"저런 모습은 또 처음 보는걸?"

천하의 단흑수가 피곤해하는 모습을 보다니. 세상도 살고 봐야 할 일이었다.

숙소로 돌아온 흑수가 머리를 부여잡았다.

"왜 이렇게 피곤하지?"

그가 이불에 쓰러지며 곧 잠에 빠져들었다.

한편 흑수가 사라지고, 총백청이 제자들의 수련을 마치고 돌아왔다.

"총 무사님."

"예, 아가씨."

"오시는 길에 흑수 님과 마주치셨나요?"

"예. 많이 피곤해 보였습니다."

"흑수 님이 왜 저렇게 됐는지 아는 바가 있나요?"

"저도 잘 모르겠습니다. 아가씨도 모르시는 일이셨습니까?"

하기야, 오늘 하루 종일 제자들을 수련시키고 있었으니 모르는 게 당연했다. 종리연은 고개를 끄덕였다.

총백청은 좀 이상하다 싶었는지 턱에 손을 괴었다.

"그럼 알아 와 주시겠어요? 철광석을 사 오신다고 외출하셨다가 고작 반 시진 만에 저런 꼴로 돌아오셨어요. 나가기 전에는 쌩쌩하셨는데요."

"확실히 이상하군요. 즉시 알아 오겠습니다."

총백청이 고개를 숙이며 밖으로 나갔다. 종리연은 어쩐지 불길한 예감이 들었다.

*　　　　*　　　　*

총백청이 돌아온 것은 약 한 시진이 지나서였다.

그는 생각보다 많은 시간 동안 조사를 하고서 돌아왔다.

그는 난감한 표정을 지으며 그녀에게 보고했다.

"아가씨, 일이 좀 커진 것 같습니다."

"그게 무슨 말씀이세요?"

"흑수가 아무래도 돌아오는 길에 많은 무인과 비무를 한 것 같습니다."

"비무라니요? 흑수 님이?"

흑수는 늘 강호 일에 엮이고 싶지 않다고 입버릇처럼 말하고 다닌다.

그런 그가 비무라니. 말도 안 되는 소리였고, 앞뒤가 맞지 않아 이해가 되지 않았다.

"저도 그것이 이상해서 더 조사해 봤습니다. 알아본 결과 무인들이 흑수의 소식을 듣고 비무를 신청했다고 합니다. 그것도 억지로 말입니다. 그것을 돌아오는 길에 네 번이나 했다고 합니다."

한 번도 아니고 무려 네 번!

광산부터 종리세가의 전각까지 거리는 얼마 되지 않는다. 걸어서 이각 정도?

뛰면 일각 전에 충분히 왕복할 수 있는 거리이다. 그런데 그동안 무려 네 번이나 비무를 치르다니.

생각보다 늦게 오고 피곤해 보이기에 뭔가 있구나 생각은 했는데 설마 이런 일이 있었을 줄은 상상도 못 했다.

그렇지만 그것도 그가 그리 피곤해하는 것이 이해가 되지 않았다. 체력 하나는 끝내주는 흑수이다.

남들은 몇 번 쉬면서 할 망치질을 그는 한 번도 쉬지 않고 다 끝날 때까지 두드리기도 한다.

실제로 신물을 수리할 때도 오랜 시간이 걸렸는데 물 한 모금 마시지도 않고, 쉬지도 않았다.

"그리고 독공을 쓰는 자와도 비무를 했다가 그자가 흑수 님의 망치에 맞고 기절하는 도중 맹독을 뒤집어썼다는 말을 들었습니다."

"매, 맹독이요?!"

소스라치게 놀라는 종리연. 보통 일이 아니었다. 아무리 고강한 무인이라도 맹독에는 버티기 힘들다.

버틴다고 해도 그만큼 내공을 소비해야 하고, 그 과정에서 타들어 가는 고통도 함께한다.

"다행히 그 무인이 가지고 있던 해독약을 먹었다고 합니다. 그래도 혹시 모르니 오는 길에 의원을 불러 흑수를 진찰하도록 했습니다. 의원의 말로는 흑수의 진기가 해독약과 함께 기세를 더해 독을 해독하고 있다고 합니다. 한숨 푹 자고 일어나면 괜찮을 거라고 합니다."

"휴, 다행이네요."

종리연이 안도의 한숨을 내쉬었다. 큰일이 날 줄 알았는데 발 빠른 조치로 어떻게든 위기를 넘긴 모양이다.

해독제도 먹었으니 큰 위기는 없겠지만 의원을 미리 부른 것은 정말 잘한 일이었다.

그래도 혹시 모르니 병간호도 해야겠고 생각했다. 미래의 지아비가 될지도 모르는 사람이니 그 정도는 해 줘야 예의가 아닌가.

겸사겸사 흑수에게 점수도 따고 말이다.

'심각한 상황인데 안심이 된다고 바로 이런 생각을 하다니. 나도 아직 멀었구나.'

그런 생각을 하면서도 어떻게 해야 점수를 더 얻을까 고민하는 종리연이었다. 그러던 그녀를 총백청이 다시 현실로 되돌려 놓았다.

"아, 그리고 한 가지 흥미로운 소식을 들었습니다."

"흥미로운 소식이요?"

"흑수의 별호가 하나 더 생긴 것 같습니다. 대력추(大力錘). 묘수신장과 함께 그렇게도 불리고 있습니다."

"대력추요?"

갑자기 또 하나의 별호가 생겼다. 하지만 묘수신장과 완전히 다른 의미의 별호라 고개를 갸웃거리는 종리연이었다. 총백청이 이에 대해 설명해 주었다.

"지금까지 흑수와 비무한 이들은 전부 가지고 있던 무기가 산산이 부서졌습니다. 힘으로 단번에 찍어 무기를 부숴서 생긴 별호라고 합니다. 세간에서 묘수신장 대신 대력추라 말하고 있습니다."

그러고 보니 어제도 냉혈혈검과 냉혈혈창의 무기를 부수긴 했다.

물론 무인의 무기를 부숴도 새로 사면 그만이긴 했다. 어지간한 무인들이라면 무기를 살 돈은 충분히 있을 테니까.

그렇게 글피가 지났다. 흑수는 자신의 방에서 누워 쉬고 있었다.

오행공이 여러 방면으로 좋은 효과가 있어서 망정이지, 다른 무공을 배웠으면 죽음의 문턱을 오갔거나 족히 한 달은 끙끙 앓을 뻔했다.

독에 중독되고 해독제와 오행공이 독을 해독하면서 이튿날까지만 거동이 힘들었지, 지금은 아무렇지도 않았다.

다만 흑수는 그 이후부터 밖으로 나가질 않았다. 이유는 간단하다. 밖에 나가면 무인들이 비무를 하자고 할 게 뻔하니 아예 나가질 않는 것이다.

전각 안에 있으면 최소한 비무를 하자고 득달같이 매달리는 사람도 없고, 쳐들어오는 사람도 없으니까.

허나 그것은 너무도 안이한 생각이었다.

제8장
귀찮음은 원천 봉쇄!

화산파에서도 흑수에 대해 조사를 하고 있었다.

흑수의 소문이 널리 퍼지기 무섭게 각 문파에서도 그를 알아보기 위해 모든 정보 기관들이 발동해 그의 정보를 수집했다.

특히 얼마 싸워 보지도 못하고 무기만 부서지고 패한 구종천이 있는 화산파가 더욱 흑수에 대해 득달같이 매달렸다.

다행이라고 하면 구종천이 묘수신장이라는 별호가 생겼을 때부터 그에게 관심을 가지고 있던 덕분에 어느 정도 정보를 확보한 시점에서 조사를 할 수 있었다는 것이다.

단흑수. 거지 출신으로 출신지 불명. 조선에서 건너왔다는 말이 있지만 확실한 정보가 없음. 거짓일 확률이 더 큼. 열세 살에 구포현의 대장간에서 쓰러진 것을 당시 대장간의 단천수라는 대장장이가 발견, 거두어 줌. 단흑수란 이름도 그가 지었다고 함.

단천수가 무공을 전수하여 무공을 쓸 줄 알고 있음. 단천수는 몇 해 전 노환으로 사망, 단흑수는 단천수의 뒤를 이어 대장간을 운영하며 광동 제일의 명장이라고 불리고 있음. 금속 제련이 매우 뛰어남.

종리세가의 신물을 수리, 개량함으로써 매우 우호적인 상태. 그가 발명한 기계와 의뢰한 검을 종리세가에 납품 중. 그가 만드는 오행진철이라 불리는 금속은 종리세가의 신검과 성질이 비슷하며 매우 단단하다고 함.

제련법은 단흑수 외 아무도 모름. 종리세가의 문주 종리추가 하나뿐인 여식인 종리연과 그를 연을 맺게 하기 위해 노력 중. 그가 용봉 비무 대회가 열리는 하남성에 온 것의 명분은 신검의 관리. 무림맹에서 제공한 종리세가의 전각에서 지내는 중.

"흠……."

이것 말고도 주변 인물에 대한 상세한 보고도 있었다.

그의 할아버지인 단천수의 과거 행적이라든가, 흑수가 친하게 지내고 있는 무당파 제자 조소소와 단천수의 벗인 조악설에 대한 것도 마찬가지다.

세세하게 다 조사하자 쌓여 있는 보고서의 양이 좀 되었다.

화산파의 12장로 중 하나인 이체제는 흑수의 정보를 보고 수염을 쓸어내리며 차를 마셨다.

지나치게 많이 조사한 감이 없잖아 있긴 하지만 없는 것보다야 나았다. 조금이라도 더 아는 게 중요하기 때문이다.

"젊은 나이에 맞지 않게 대단한 인물이었구만."

재능이 남다르다고 할까. 구종천을 이길 정도로 강하다니. 아무리 방심했다고 해도 대단한 자임은 확실하다.

무공이면 무공, 대장장이면 대장장이. 그 어느 것 하나 하기도 힘들 텐데 흑수는 그 두 가지에 조예가 깊었다.

종리세가가 사람을 잘 건졌다는 생각이 들었다.

"탐이 나는군. 매우 탐이 나."

이체제는 흑수를 화산파로 끌어들였으면 좋겠다는 생각을 했다.

종리세가도 조사해 본 결과, 열 개가 넘는 검을 납품해 장로급까지 전부 그가 만든 검을 쓰고 있다고 한다.

그가 만드는 검은 어지간한 검보다 뛰어나다고 할 정도다.

심지어 그가 만든 부엌칼이 다른 대장장이가 심혈을 기울여 만든 검보다 강하다고 한다.

촌구석에 있는 중소문파라 지금은 신경 쓰이지 않지만 앞일은 아무도 모르는 것이다.

나중에 무기와 무수히 확보되고 있는 자금을 바탕으로 점차 세력이 커지게 되면 오대세가에서 육대세가가 될지도 모른다.

"그 전에 우리 문파로 넘어오게 한다면……."

오히려 화산파는 더욱 커지고, 사람들의 입에 더욱 오르내릴 수 있게 될 것이다. 그러기 위해서 그를 포섭하는 게 가장 중요했다.

"거기 아무도 없느냐."

"예, 여기 있습니다."

"구종천에게 외출을 할 것이니 채비하라 말하거라."

"예, 장로님!"

*   *   *

열정적으로 수련을 하던 종리세가의 무인들은 이제 슬슬 흥이 식고 있는 모양인지 수리를 위해 찾아오는 빈도수가 줄어들었다.

덕분에 흑수도 적당히 일하고 하루를 보내고 있는 실정이었다.

이제 좀 집에 돌아갔으면 좋겠다는 생각을 하며 숙소에서 멍하니 천장만을 바라보고 있자니, 밖에서 종리연의 목소리가 들려왔다.

"흑수 님. 주무시고 계시나요?"

흑수가 누워 있던 자리에서 벌떡 일어났다.

"아뇨, 일어나 있습니다. 무슨 일 있으신지요?"

"그…… 흑수 님의 손님이 찾아오셔서요."

어쩐지 조금 당황한 듯한 목소리의 종리연이었다.

웃옷을 벗고 있었기 때문에 머리맡에 놓아두었던 옷을 입고 문을 열었다. 문을 열자 그녀의 뒤에 낯선 노인이 눈에 들어왔다.

'누구지?'

처음 보는 이었다. 흑수가 고개를 갸우뚱거렸다.

"뉘신지요?"

"허허허. 반갑네. 난 화산파의 12장로 중 한 명인 이체제라고 하네."

화산파. 순간 이체제의 말을 듣고 흑수는 혹시 해코지를 하려고 왔나 싶었지만 그는 그저 웃고만 있었다. 애초에 뭘 하려는 기색이 보이지 않았다.

'아니, 절정고수 정도면 그 기색을 충분히 숨길 수 있다고 했지.'

구파일방 중 하나의 장로라면 그 정도는 기본적으로 할 수 있을 것이다.

설마 다른 곳도 아니고 종리세가가 전세 내고 있는 전각 내에서 일을 벌이거나 하지 않겠지 생각하면서도 불안한 기색을 숨길 수 없었다.

"불안해할 것 없네. 해코지하려고 온 것이 아니니까. 무기를 잡을 필요도 없네."

흑수의 손은 벽 앞에 있던 오행대도에 닿아 있었다. 보이지 않는 위치일 텐데 그것을 알아채다니.

확실히 장로급은 다르긴 다르구나 하는 생각이 들었다.

금관지의 실력을 보지 않아 모르지만 아마 이 정도 하지 않을까 생각이 들었다.

"……그렇습니까?"

흑수는 일단 그렇게 대답하면서도 절대 오행대도에서 손을 떼지 않았다.

오히려 당당히 도갑을 손에 집어 허리춤에 찼다. 언제라도 뽑아서 싸울 준비를 하는 것이다.

"조심성이 많은 친구로구만."

"그래도 혹시 모르지요. 일전에 화산파 제자 일로 찾아온 것일 수도 있으니까요."

이체제가 난감하다는 듯 뒷머리를 긁적이며 머쓱한 표정을 지었다.

"그렇다면 들고 있게나. 어차피 아무 짓도 안 할 테지만. 근데 언제까지 이곳에 서 있어야 하나?"

"아, 죄송합니다. 객실로 안내해드리겠습니다."

객실은 흑수의 방 근처라 객실에 먼저 오지 않고 이리 찾아온 것이다.

흑수는 무슨 용건으로 자신을 찾아왔는지 모르지만 들어보지도 않고 내쫓을 수 없었기에 뒤따라 객실로 들어간다.

종리연이 객실로 안내하자 그곳에 또 다른 이가 있었다.

"하하하! 또 만나는구려."

구종천이었다. 더 이상 관심 끄라고 말했는데 그가 찾아오자 흑수가 인상을 와락 구겼다.

더 이상 만나고 싶지 않아 전각 내에 틀어박혀 있었는데다 무용지물이 되었다.

"저번 비무는 정말 즐거웠네!"

구종천은 웃는 낯짝으로 반갑다며 손을 흔들고 있었다. 긴장감 없는 모습을 보니 어쩐지 힘이 쭉 빠져나가는 것 같았다.

"필요한 것이 있으면 말씀해 주세요."

"갑작스러운 방문에도 배려해 주니 고맙네."

"아닙니다. 그럼 얘기 나누세요."

객실로 안내해 준 종리연은 밖으로 나갔다.

흑수를 만나기 위해 찾아왔다고 하니 자신이 낄 자리가 아니라 생각한 것이다. 그녀의 발소리가 멀어지고, 구종천의 옆에 앉았다.

일단 적대할 생각으로 온 것은 아닌 것 같으니 어느 정도 긴장은 풀어도 경계를 늦추지는 않았다.

흑수는 자연스럽게 그들의 맞은편에 앉았다. 그들은 찻잔을 사이에 두고 마주 보며 앉았다. 구종천이 차를 음미하며 말했다.

"향이 좋군. 종리세가도 차를 볼 줄 아는 것 같아."

"……."

"아, 자네는 종리세가의 무인이 아니었던가. 하하하!"

"……."

"……에잉, 사람이 재미없기는."

흑수가 침묵으로 일관하며 자신에게 시선도 주지 않자 구종천이 머쓱한 표정을 지으며 혀를 찼다.

흑수는 처음부터 끝까지 이체제만을 바라보다가 드디어 입을 열었다.

"절 찾아오신 이유가 뭐죠?"

차를 반쯤 마시고 찻잔을 내려놓으며 이체제가 수염을 쓸어내렸다.

"바로 본론부터 말하라는 겐가?"

"제가 단도직입적인 것을 좋아합니다."

"쩝. 그럼 바로 본론부터 말하도록 하지."

이체제가 내려놓았던 찻잔을 들어 뜨거운 차를 한입에 벌컥 들이켰다.

식도에 화상을 입는 것은 안중에도 없다는 듯 보여 기가 막힌 흑수였다.

아무리 오행진기를 쌓은 흑수라도 뜨거운 차를 벌컥 마시면 식도에 화상을 입는다.

이체제는 차를 들이켠 후에 그에게 단도직입적으로 물었다.

"혹시 화산에 들어올 생각은 없는가?"

"예?"

다른 것이 아니라 화산에 들어올 생각이 없냐는 제의였다. 흑수가 의아한 듯 바라보았다.

적대할 생각은 없어 보이긴 했지만 설마 자신을 영입하려고 온 것일 줄은 몰랐다. 그것도 다른 이도 아닌 장로가 직접 찾아오리라고는 상상도 못 했다.

"다 터놓고 말하지. 사실 자네에 대해 좀 조사를 했네."

흑수가 와락 인상을 구겼다. 자신의 뒷조사를 했다고 당당하게 말하니 당연히 기분 나쁠 수밖에 없었다.

"이에 대한 건 사과하지. 하지만 자네에 대해 호기심이 들어서 말이네."

"일단 들어보기는 하죠."

아예 숨기는 것보다 차라리 이렇게 당당하게 말하는 게 나을 것이란 생각이 들었다.

숨겼으면 숨긴 대로 기분이 나쁘지만 일단 조사했다는 것을 말했다는 것은 그만큼 자신을 원한다는 뜻이기도 하니까.

이유라도 들어보자 생각하며 흑수도 적극적으로 경청하기로 했다.

*　　*　　*

"그럼 나중에 올 일이 있으면 오겠네. 갑작스럽게 찾아와 미안했네."

"다음에 만날 때 저와 또 비무 하자고 전해 주십시오, 종리연 아가씨!"

약 한 시진 간 객실에서 대화를 나누었던 이체제와 흑수.

그들이 일을 마치고 전각 밖으로 나가자 흑수와 종리연은 그들을 대문 앞까지 배웅해 주었다. 금관지도 마침 회의를 마치고 돌아왔다.

"어쩐지 회의에 화산파의 장로가 참석하지 않았는데 이곳에 있었던 거로군요. 화산파의 장로가 여긴 어쩐 일로 온 것입니까?"

금관지는 의아한 듯 숙소로 돌아가는 그들의 뒷모습을 바라보며 그리 묻자 종리연이 답했다.

"흑수 님과 이야기하고 싶어 왔다고 해요."

"이야기를요?"

회의장에도 한 번 모습을 보이고 그다음부터 나타나지 않던 이체제다.

"무슨 이야기를 나눴습니까?"

"그건 저도 들어보지 못해서 몰라요."

엉덩이가 무겁기로 잘 알려진 장로가 이곳에 온 것은 필시 무슨 중요한 일 때문에 왔을 거란 추측이 들었다. 그것도 종리연이 없이 흑수와 맞대면했다.

'흑수를 알아본 것인가?'

분명 긴히 무슨 대화가 오갔을 거라 생각해 금관지가 흑수를 바라보았다.

종리연은 흑수가 그들과 대화를 나누는 걸 한마디도 들

지 못했기 때문에 당연히 궁금하다는 듯 그를 바라보았다.

흑수가 어깨를 으쓱이며 답해 주었다.

"제가 들어오겠다고 하면 대우는 확실하게 해 주겠다고 하네요. 호의라는 명목의 선물 공세도 하고요."

흑수가 비단을 들어 보여 주었다. 없던 비단을 가지고 있는 것이 좀 의아했는데 이체제가 준 것이었다.

종리연이 불안한 듯 그를 바라보았다.

화산파. 종리세가와 비교가 되지 않는 명문 문파이다.

그런 곳에서 들어오라고 하면 백이면 백 그곳으로 들어갈 것이다.

장로가 지켜보고 있을 정도니 그 대우는 당연히 이루 말하지 못할 정도. 흑수는 미소를 지으며 불안해하는 그녀를 안심시켜 주었다.

"걱정하지 마세요. 거절했으니까요. 이 비단도 그냥 선물이니 받으라고 억지로 떠넘긴 거예요."

딱히 비단옷이든 천 옷이든 연연하지 않는다. 애초에 대장질하는 데 비단옷이 더 거치적거리니 차라리 다른 사람에게 주기로 했다.

소소네 아주머니에게 주면 될 것 같다. 곱고 아름다우니 소소네 아주머니도 좋아할 것이다.

"정말 안 가세요?"

"제가 화산파로 가길 원하시나요?"

종리연이 과장스럽게 고개를 가로저었다. 그 모습이 귀여운 나머지 하마터면 웃음을 터트릴 뻔한 흑수였다.

"그래도 이해가 되지 않아서요."

"뭐가요?"

"화산파로 가시면 종리세가의 대우와 확연히 차이가 날 텐데 안 간 것이 의아해서요."

"아아."

무슨 말인가 했더니 그런 것이었다.

"대우가 좋으면 좋긴 하겠지만 대장간을 떠나야 하잖아요. 종리세가처럼 화산파가 광동성에 있는 것도 아니고. 거리가 먼 만큼 그쪽에서도 화산파 본산까지 오라고 할 테니 차라리 거절하는 게 낫죠."

"그렇긴 하지만 화산에 가면 지금보다 좋은 대우와 많은 것을 연구해 볼 수 있을 텐데. 그만큼 가치가 있지 않나요?"

"부정은 안 할 게요. 솔직히 말하면 당연히 아쉽죠. 하지만 전 지금 제가 있는 대장간을 정리할 생각은 추호도 없어요. 연구하고 싶으면 제 돈으로 하면 되죠. 돈이 부족한 것도 아닌데."

단천수와의 추억이 곳곳에 있는 집이자, 자신의 일터. 흑수는 절대 자신의 대장간을 떠날 생각이 없었다.

죽어도 대장간에서 죽을 거라고 뼈 묻을 각오로 지키고 있었다. 그만큼 흑수에게 대장간이란 매우 소중한 존재인 것이다.

"무엇보다 저 하나 잘살게 된다고 떠나면 인의가 아니죠."

흑수는 옅은 미소를 지었다.

"아가씨가 제게 주시는 것도, 생각해 주시는 것도 항상 감사히 여기고 있어요. 그러니 앞으로 제가 어디로 떠날 거라는 걱정은 마세요. 전 종리세가와 평생 함께할 테니까요."

그 말에 금관지의 눈이 휘둥그렇게 변하다가 곧 크게 웃으며 수염을 쓸어내렸다.

종리연은 활화산과 같이 당장 터질 듯 붉어진 얼굴을 손으로 가리며 속으로 꺄악꺄악 소리를 지르고 있었다.

'어떻게, 어떻게! 흑수 님이 종리세가와 평생 함께한데!'

그건 다시 말해 혼인의 뜻이 있다는 뜻!

물론 조금 애매한 대답이긴 하지만 충분히 그런 생각을 할 수 있는 말이다. 종리연은 어떻게 해야 할지 모른 채 속으로 기뻐하고만 있었다.

자신의 말에 그녀가 어떤 생각을 하고 있는지도 모른 채, 흑수는 하늘을 바라보며 생각했다.

'그래야 다른 곳에서 귀찮게 안 하지.'

종리연이 그의 생각을 읽을 수 있었다면 당장 칼침을 날렸을 것이다.

*　　　*　　　*

보름 후. 드디어 회의가 끝나고 광동성으로 되돌아가게 되었다.

그동안 흑수는 매번 곤혹을 치러야 했다. 화산파가 찾아오고서 그 이후에 지속적으로 다른 문파에서도 찾아왔기 때문이다.

남궁세가, 곤륜파, 제갈세가, 모용세가 등등. 유명한 문파들은 한 번씩 다 와 본 것 같았다.

귀찮게 일에 꼬이고 싶지 않아서 전각 내에서만 있던 흑수.

종리연에게 부탁해 만남을 거절하겠다고 했지만, 그들은 반드시 뭔가를 놓고 돌아갔다. 만나지 못하면 선물로 점수를 따내 관심을 보이게 하려는 것이다.

전낭에 금자 몇 냥 가지고 왔다가 금은보화로 집에 돌아가게 생겼다.

일이 이렇게 되자 흑수는 이왕 이렇게 된 거 아무도 귀찮게 하지 못하게 한 수를 두었다.

자신이 만든 물건을 공급할 테니 종리세가에서 전속으로

판매해 달라는 것이다.

종리세가가 방패가 되면서 거래 파트너가 되는 것이다. 즉, 다른 곳에서 이리로 오라고 해도 계약으로 묶여 있기 때문에 가지 못하는 것이다.

종리연은 적극 찬성했다. 흑수가 전속으로 일해 주면 당연히 좋았다.

계약이 만료만 되면 언제든 떨어질 수 있는 흑수다. 하지만 지금의 계약은 기한이 없었다.

계약서를 보기 전에 아무도 모르는 일이지만, 사실 이것은 속임수에 불과하다.

언제든 계약을 해지할 수 있는 계약서이다. 아무래도 평생 묶이는 건 좀 아닌 터라 종리연에게 양해를 구했다.

미래의 일은 모르는 법. 흑수는 단순히 눈속임으로 이를 해 달라 했다. 서로 언제든 원하면 계약을 해지할 수 있는 것이다.

종리세가에서도 다른 문파에서 그를 데리고 가려는 것도 달가운 일이 아니기 때문에 종리연도 이를 적극 수렴했다.

그것을 모르는 상대측에서는 이 때문에 흑수를 영입하려는 움직임이 언제 그랬냐는 듯 싹 사라졌다.

계약내용은 당연히 모를 테고, 그 소식을 일부러 퍼트리게 하니 하루에 몇 번씩 오던 선물도 없어졌다.

보기 좋게 그의 책략이 먹힌 것이다.

그간 받은 선물도 그냥 돌려보내고 싶지만, 그들도 자존심이 있으니 돌려주려고 하면 모욕한다고 여길 게 분명하다.

그냥 잠자코 받아 어디에 쓸지 나중에 궁리하기로 하고 마차에 올라탔다.

"드디어 집에 가네요."

"네. 고생 많으셨어요."

"고생은요. 집으로 가는 길이 더 고생이죠."

종리연이 맞다며 맞장구를 쳐 주었다. 흑수는 하품을 하며 밖을 바라보았다.

하남성에서의 한 달은 그에게 참 많은 일이 있던 날이었다. 평생 잊을 수 없는 한 달이었고, 앞으로 겪기 싫은 기간이기도 했다.

이제 떠들썩한 도시에서 다시 조용한 촌으로 돌아간다.

역시 조용한 게 최고라고 생각하며 그는 마차에 몸을 기댔다. 집으로 돌아가는 여정도 이에 못지않게 힘들 게 분명했다.

*   *   *

사천성 무산(巫山).

안개로 자욱하여 습기로 가득한 깊은 산골짜기를 계속 올라가다 보면 무릉도원과 같은 장관이 펼쳐져 있다.

낭떠러지 근방에 지어진 정좌는 마치 구름 위에 지어진 것과 같은 모습이다.

정좌에서 정면을 바라보며 절경을 구경하던 여인.

불혹의 나이임에도 그녀의 미모는 세월이라도 비켜나간 듯 젊은 그대로의 모습이었다.

나무로 된 원형의 노리개를 손 안에서 굴리며 정면에 펼쳐진 장관을 한참 동안이나 바라본다. 그러던 그녀가 후방에서 느껴지는 인기척에 문득 입을 열었다.

"화령이 왔느냐?"

"예, 스승님."

대답을 한 것은 이번에 용봉 비무 대회에 갔다 온 백화령이었다.

그녀는 단아한 무복으로 갈아입은 채 예를 갖춰 인사했다.

백화령의 스승이자 신녀문의 문주인 무산신녀(巫山神女).

"습격자는?"

"산적이 출몰하긴 했습니다만. 모두 관아로 넘겼습니다."

"잘했다."

무산신녀는 뒤로 천천히 몸을 돌리며 지그시 바라보더니

입가에 조용히 미소를 그린다.

"전서구를 날렸더구나. 일급 패를 주웠다고?"

"예, 스승님."

백화령은 품에서 패를 꺼내 무산신녀에게 다가가 건네주었다.

패를 받아 든 무산신녀는 이리저리 살펴보았다.

세월의 흐름 탓인지 약간 색이 바랬거나 흠집이 나 보이지 않는 글씨도 있긴 했지만 확실했다.

"정말 신녀문의 일급 패가 맞구나."

"스승님의 것이 아닙니까?"

"난 일급 패를 흘린 적도, 남에게 준 적도 없었다."

일급 패를 줄 수 있는 사람은 단 두 명.

신녀문주와 백화령 단둘뿐이다.

백화령은 당연히 남에게 준 적이 없었고, 신녀문주 또한 아무리 과거를 생각해도 딱히 누구에게 준 적도, 잃어버린 적도 없었다.

일급 패는 관리가 철저하기도 하지만 잃어버리는 즉시 신녀문의 문도 반 이상을 투입해 찾아낼 때까지 추적한다.

신녀문의 일급 패는 정말 중요한 손님에게만 주는 것이다.

"이걸 누가 가지고 있었다고?"

"광동성의 대장장이가 가지고 있었습니다."

"광동성의 대장장이가 하남성까지 왔다고?"

"종리세가의 일로 같이 왔다고 합니다."

여인들만 있는 곳이다 보니 당연한 얘기지만 일급 패를 남성에게 주는 건 그만큼 신녀문에 영향력을 행사할 수 있는 사람이란 뜻이다.

그렇다면 그녀들 말고 다른 인물이 줬다는 의미다.

패의 상태를 보건데 백화령이나 무산신녀가 줬다고 하기에는 너무도 오래된 상태였다.

그렇다면 더 오래전에 신녀문의 전대 문주 중 누군가가 줬다는 뜻.

무산신녀는 혹시 자신의 스승이 아닐까 생각했다.

십여 년 전 어느 날 신녀문을 그녀에게 맡겨 두고 훌쩍 사라진 운월신녀(雲月神女)다.

언제나 생각하는 것이 남과 달랐던 스승.

또한 일평생 한 남자를 사랑했고, 그 남자를 위해 모든 걸 버릴 준비도 했지만 하늘은 짓궂게도 그들을 갈라놓았다.

신녀문주도 아주 어렸을 적이라 잘 기억이 나지 않지만 운월신녀가 그리움에 남모르게 흐느꼈던 것을 본 적이 있다.

"혹시 그 대장장이에 대해 알고 있느냐?"

"예. 어쩌다 보니 대화도 잠깐 나눈 적이 있어 통성명을 했습니다. 이름은 단흑수. 광동성의 구포현이란 마을에서 작은 대장간을 운영하고 있다고 합니다."

"단흑수?"

어디서 많이 들어 본 이름이라 무산신녀가 손에 쥐고 있던 노리개를 굴리며 골똘히 생각했다가 곧 누군지 알 수 있었다.

"단흑수라면 광동성에서……."

벌써 한참 전의 일.

어떤 복면을 쓴 검은 복면인들에게 습격을 받아 치열한 전투를 치르다가 자신을 치료해 준 꼬마의 이름과 똑같았다.

당시에는 경황이 없어 인사도 제대로 못 하고, 전낭에 있던 돈만 주고 훌쩍 떠날 수밖에 없었다.

흔한 이름은 아니었다. 검은 손.

솔직히 누가 자식의 이름을 검은 손이라고 짓겠는가.

무슨 의미로 지었는지 모르고 들었을 때 황당해서 아직도 그 당시 꼬마의 이름이 기억에 남아 있었다.

중원이 아무리 넓다 해도 별호도 아니고 흑수(黑手)라는 이름을 쓰는 사람은 그리 많지 않을 것이다. 거기다 성씨까지 똑같다.

광동성으로 한정하면 그 수가 하염없이 적을 것이리라.

'이것이 인연인가.'

무산신녀가 참 기이한 인연이라고 생각했다. 설마 아직 보답도 제대로 못 한 그 꼬마가 이 패를 가지고 있을 줄이야.

그것도 신녀문과 연결될 줄은 상상도 못 했다.

"그래. 오래 붙잡았구나. 피곤할 터이니 들어가서 좀 쉬어라."

"예, 스승님."

백화령이 인사를 하고 천천히 몸을 돌려 신녀문 내곽 안으로 들어갔다.

스승은 처음부터 끝까지 웃는데 정작 제자인 백화령은 마지막까지 웃지 않았다.

그럼에도 무산신녀는 기분 나빠하지 않았다. 아니 오히려 그 때문에 늘 미안함이 마음 한구석을 차지했다.

그녀가 미소를 잃은 것은 자신 때문이라고 생각했다.

백화령이 웃음을 잃은 것이 벌써 칠 년이 훌쩍 넘었다.

감정이 얼어붙은 것처럼 그녀는 기쁜 표정 말고도 다른 감정들도 잘 표현하지 않았다.

어렸을 적에는 이렇지는 않았다.

감정 표현은 누구보다 남달랐으며 잘 웃고, 잘 우는 아이였다. 하지만 그 사건 이후에는 웃지도, 울지도 않았다.

지금은 많이 좋아져 분위기로 감정을 알 수 있게 되었지만 처음 보는 이들은 사람으로 된 인형 같다는 말을 많이 듣는다.

옆에서 이를 치유하기 위해 아직도 노력하는 무산신녀. 그러나 아직 갈 길은 멀어 보였다.

"대회에서 큰 성적을 얻었으니 내일 연회를 베풀고 나중에 따로 불러야겠구나."

무산신녀는 백화령이 건네준 일급 패를 대신 만지작거렸다.

제9장
무엇이든 꼭 잘되리란 법은 없다

광동성의 성도, 광주(廣州).

하남성에서 광동성의 성도까지 오는 데 두 달 남짓. 지겨운 마차 여행이 끝나고 드디어 도착했다.

흑수의 마을까지는 며칠 더 가야 하지만 일단 광동에 돌아온 것만으로도 고향에 온 것처럼 기분이 좋았다.

하남성은 지금쯤 가을이 되었을 텐데, 이곳은 여전히 덥다.

애초에 아열대기후라 일 년 내내 더운 곳이 광동성이다.

1년 2모작도 가능한 곳이다. 눈이 오는 게 더 이상한 곳이 바로 광동성.

두꺼운 옷은 거의 입지 않은 덕분에 흑수도 얇은 천으로 된 옷으로 갈아입었다. 종리세가로 돌아오니 종리추와 그의 정부인인 조설연이 나와 맞이해 주었다.

"아버지, 어머니!"

"고생했다. 연아."

"기특하구나."

그들은 종리연이 이번 용봉 비무 대회에서 남다른 성과를 거두자 거듭 칭찬해 주었다.

다들 웃음꽃이 만개한 걸 보니 자랑스러운 모양이었다.

금관지에게 들은 바, 종리세가가 개파한 이래 가장 뛰어난 성적이라고 했으니 자랑스러울 법도 하다.

"금 장로도 고생했네."

"아닙니다. 그간 별일 없으셨습니까?"

"일이야 있었겠는가? 껄껄. 늘 똑같았지."

이번에 종리추가 향한 곳은 흑수였다. 그는 흑수를 지그시 바라보며 미소를 지었다.

"자네도 고생했네."

"제가 한 일은 별로 없습니다."

한동안 무인들이 비무를 한다고 열심히 검을 놀린 덕분에 일거리를 계속 주긴 했지만, 일이라고 말할 수 있을 정도로 많은 양도 아니었다.

"아니야. 듣자 하니 자네도 좀 고생했더군. 묘수신장과 대력추. 뭐라고 불러야 하나? 껄껄껄!"

"……."

그곳의 소식이 이곳까지 퍼진 모양이다. 그의 속도 모르고, 종리추가 연신 웃었다. 흑수는 속으로 한숨을 내쉬며 뒤통수를 긁적였다.

"자자, 어서들 들지. 오늘 도착한다고 해서 급히 작게나마 축하 연회를 준비했으니까."

기쁜 기색을 감추지 않고 웃으며 안으로 드는 종리추. 그들은 그의 뒤를 따르며 종리세가 내로 들어갔다.

* * *

낮부터 시작한 연회는 늦은 새벽이 되도록 이어졌다. 종리세가 내의 식솔들은 평소보다 바쁘게 돌아다녔지만 기쁨을 함께하기도 했다.

흑수도 함께 연회를 즐기면서 술과 고기 각종 해산물도 먹었다. 배가 꽉 찬 채로 오랜만에 대장간에 가 본 흑수는 반가운 얼굴을 만났다.

"어이쿠, 이게 누구야. 우리 명장님께서 여길 다 행차하시고."

"오랜만입니다, 아저씨."

고국철과 칠영이 있었다. 오늘 연회가 열린 덕분에 일을 쉬고 있었지만 그들은 술과 고기를 즐기고 있었다.

"이야, 안 본 사이에 풍채부터가 달려졌구만."

"키가 이렇게 컸었나? 혹시 더 큰 거 아냐?"

"여기서 더 크면 곤란해집니다. 안 그래도 방으로 들어가면 무조건 고개를 숙여야 하는데."

아무래도 평균 키가 크다 보니 불편한 점도 있는 흑수다.

예전에도 그랬지만 지금도 가끔 딴생각을 하고 걷다가 머리를 부딪치는 경우도 허다했다.

대문이 크면 상관없지만 작은 곳이 수두룩하기 때문에 고개를 숙여야 했다.

키가 크다고 무조건 좋은 것만은 아니었다. 이곳에서는 불편한 점이 많이 작용했다.

그들은 흑수를 맞이해 주고 크게 웃으며 자리로 안내했다. 보아하니 마시게 된 지는 얼마 되지 않은 것 같았다.

"이곳에는 얼마나 있다가 가려고?"

"한 사흘 정도 있다가 돌아갈 생각입니다. 아가씨도 집이 그리웠을 터이니 그 정도는 있어 줘야지요."

"에이, 이곳에 눌러살면 더 좋을 텐데? 같이 이곳에서 망치질해 보자고."

농담 삼아 말하며 술을 건네는 칠영. 흑수가 빙그레 미소를 지으며 술잔을 들어 잔을 받았다.

"제가 제 대장간 떠날 생각 없다는 거 아시면서 그러십니다."

"하기야, 집에서 일하는 게 편할 때가 있는 법이지."

오랜만에 회포를 풀고 술을 마시는 그들. 확실히 두강주가 명주인 듯 오랜만에 이곳 술을 마시니 별로 맛있다고 느껴지지 않았다.

뭔가 부족하다고 할까. 혀에 여운이 감돌지도 않고 몸 깊이 퍼지는 것이 없는 것 같았다. 흑수는 그들에게 잠시 기다려 달라 한 후, 배정받은 방에서 항아리 세 동을 가지고 왔다.

그가 가지고 온 것은 술이 든 항아리였다. 그가 항아리를 내려놓자 그들이 의아한 듯 바라보았다.

"이게 뭔가?"

"두강주입니다."

"두강주!"

고국철과 칠영의 눈빛이 동시에 변했다. 두강주를 마셔 본 적은 없지만 두강주가 무엇인지 잘 알기 때문이다.

"여기 한 동은 마시고, 나머지는 아저씨들이 따로 가져가서 드세요."

"아니, 이런 귀한 것을."

"정말 우리 주는 건가?"

흑수가 고개를 끄덕이며 항아리 하나를 열었다.

그저 뚜껑을 열기만 했는데 진한 향이 퍼져 나왔다. 술잔에 가득 퍼서 한 잔씩 돌렸다.

두강주는 이미 지나칠 만큼 사 뒀다.

수레 하나만큼 사 뒀기 때문에 일 년 정도 마실 수 있었다. 아껴 마신다면 반년은 더 마실 수 있을 것이다.

작은 술 항아리 몇 개쯤 그들에게 준다고 해도 별로 티가 나지도 않았다.

그들은 하하 웃으며 진심으로 기뻐했다.

술에 취하면 주정이 심하긴 하지만 술 자체를 좋아하는 그들이기 때문에 술 선물을 진심으로 반겼다.

무엇보다 그들이 받은 술은 다른 것도 아닌 천하의 명주로 알려진 두강주!

이름만 들었지, 광동성에서 보기 어려운 술이기 때문에 당연히 그들은 처음 마셔 보는 것이었다.

"캬~ 과연 천하의 명주로구만."

"괜히 천하의 명주라고 하는 게 아니었네. 혀에 감도는 향부터 남달라."

좋아할 줄은 알았지만 칭찬 일색이니 선물해 준 흑수도 기분이 좋아졌다.

"그거 마시고 나면 다른 술은 별로 눈에 안 들어올 겁니다."

"그건 좀 큰일이겠구만. 돈 많이 벌어서 두강주나 사 와야겠어. 하하하!"

그들이 크게 웃으며 한 동이 비워질 때까지 술잔을 기울였다.

*   *   *

이튿날, 아침 일찍 일어나 남몰래 수련을 하고 돌아온 흑수는 몸을 씻고 바로 식사를 했다.

아직 연회의 여파가 남아 있는지 벌써 일을 해야 할 시간임에도 조용했다. 아무래도 새벽 내내 술을 마셨으니 당연하다면 당연한 일이다.

오행진기의 목기가 자연스럽게 술기운까지 해독하는 흑수의 경우에는 숙취 없이 평소처럼 멀쩡히 일어났지만 다른 이들은 아직도 잠에 빠져 있을 것이다.

"아, 그런데 뭐하지?"

종리추는 내일까지 세가 내의 식솔들에게 휴식을 취하라고 했다. 이런 기쁜 날에는 놀아야 한다면서 호쾌한 결정을 내렸다.

다들 연회 준비하고, 연회 때 움직이랴, 마시랴 고생했으니 식솔들 입장에서는 고마운 일이다.

당연한 얘기지만 고국철과 칠영도 집으로 돌아가 이곳에 없었다. 이곳에서 지내는 하인들 빼고는 남아 있질 않았다.

넓은 장원에 사람이 몇 남아 있지 않게 되자 당연히 조용했다. 간간이 들려오는 소리도 장원 밖에서 들려오는 소리였다.

"이렇게 조용하면 대장질도 하기도 그렇고……."

예전에는 이용했다고 하지만 지금은 그럴 이유가 없다.

허락을 맡으면 언제든 이용할 수 있겠지만, 멋대로 대장간을 이용하는 것도 이상하다.

내일까지 이렇게 조용할 것 같았다.

할 게 있었으면 좋으련만, 하루 종일 빈둥빈둥 놀기도 좀 그래서 오랜만에 종리세가의 장원이나 둘러보자며 거닐었다.

가끔씩 마주치는 식솔들과 인사를 나누고, 대화를 했지만 할 것이 없기는 마찬가지. 그렇게 하는 일 없이 돌아다니자 종리추와 마주쳤다.

"오, 자네 여기서 뭐 하고 있었나?"

"안녕하십니까, 가주님."

종리추는 종리연, 조설연과 함께 돌아다니고 있던 모양이다. 오랜만에 가족끼리 만났으니 그들끼리 회포를 풀고 산책을 즐기고 있던 것 같았다.

"근방을 잠시 산책하고 있었습니다."

"하하하. 그런가? 마침 잘됐군. 같이 걷겠는가?"

"맞아요. 흑수 님도 함께해요. 오랜만에 와 봤는데 바뀐 곳이 꽤 되더라고요."

종리연도 옆에서 거들었다. 할 일도 없으니 그러겠다고 대답하려는 순간, 흑수는 조설연과 눈이 마주쳤다. 자신만을 집요하게 노려보고 있는 조설연.

'사, 사모님은 왜 저러시는 거지? 날 싫어하시나?'

이유를 모르는 흑수는 당연히 그런 생각을 가질 수밖에 없었다. 그가 한 생각은 틀리지 않긴 했지만 정확한 이유를 몰랐다.

종리추는 흑수를 사위로 맞을 생각으로 가득하지만, 조설연은 정반대이기에 그를 탐탁지 않게 여기고 있는 것이다.

어쨌든 다가오지 말라는 무언의 압박이 느껴졌다. 저 자리에 함께 있다가는 숨 막혀 죽을 것 같다는 생각이 들었다.

"괘, 괜찮습니다."

"내가 안 괜찮네. 자, 이리 오게."

종리추는 억지로 그를 끌어당겨 합류시켜 함께 걸었다. 조설연이 종리추를 잔뜩 노려보았지만 모르는 척할 뿐. 결국 그녀는 일이 생겼다 하고서는 다시 돌아갔다.

"드디어 갔구만."

"사모님께서 절 싫어하시는 것 같습니다."

"음…… 시간이 지나다 보면 괜찮아질 것이니 걱정 말게."

종리연이 무슨 이유로 그의 대장간에 가기로 했을 때 누구보다 반대했던 조설연.

종리세가의 식솔들은 알 사람은 아는 사실이지만, 흑수는 전혀 모르고 있었다.

그렇기에 종리추는 대충 얼버무리며 이제야 숨통이 트이는 걸 느끼며 함께 걸었다.

"이곳은 원래 벽이었는데 지금은 문이 생겼어요. 이곳이 나중에 무기고로 쓰일 거라고 하더라고요."

길을 지나가면서 종리연이 그에게 이것저것 설명해 주었다. 심지어 이곳은 꽃이 있었는데 길을 만들어 없어졌다는 사소한 것조차 설명했다.

그렇게 세세한 것까지는 기억나지 않지만 흑수는 그녀의 말에 경청하며 이곳저곳을 둘러보았다.

나란히 걷다 보니 어느새 흑수 옆에 있던 종리추는 몇 발자국 뒤에 있게 되었고, 종리연이 그의 옆을 걷게 되었다.

종리추가 일부러 종리연과 함께 걷게 하기 위해서 흑수 모르게 빠진 것이다.

'보아하니 이거……'

흑수도 이 정도가 되면 그의 의도가 뭔지 뻔히 보였다. 그러나 애써 모르는 척하기로 했다. 사람 민망하게 대놓고 말하는 건 예의가 아니었다.

그렇게 돌아다녀 보니 흑수도 확실히 예전보다 많이 변했다는 생각을 하게 되었다.

기존 건물들은 그대로지만, 벽을 허물고 문을 만들어 넓은 공간에 뭔가를 짓는다든지 하는 등등.

'그런데…… 왜 안 만들고 있지?'

흑수는 의아하다는 듯 공사 현장을 바라보고 있었다. 종리연은 모르는 눈치이지만, 흑수는 뭔가 이상한 것을 느끼고 뒤에서 따라 걸어오던 종리추에게 물었다.

"잠시 공사가 중단된 겁니까?"

흑수의 말에 흠칫 놀라는 종리추. 그가 의아한 듯 바라보았다.

"그걸 어떻게 알았나?"

"연회 때 쉬라고 했지만 인부는 따로 고용하는 걸로 알고 있는데 짓고 있지 않은 데다 건축 자재들도 오랫동안 놔둬서 천 위에 먼지가 쌓여 있는 것이 보였습니다."

종리연은 그것까지는 미처 몰랐다는 듯 그를 바라보았다. 종리추는 헛기침을 한번 하더니 수염을 쓸어내렸다.

"자네는 감자깎기 말고 다른 걸 만들어 볼 생각은 없는 가?"

"감자깎기 말입니까?"

갑자기 웬 감자깎기? 뜬금없이 왜 이걸 물어보는지 몰라 고개를 갸우뚱거리는 흑수. 종리추가 추궁하듯 물었다.

"있는가, 없는가?"

말 못 할 사정인가. 말을 돌리려는 것으로 생각한 흑수였 다.

왜 없겠는가. 당연히 생각이 있다. 다만 뭘 만들지 생각 을 안 했다.

감자깎기로 흥하고 종리세가에 넘겨 수익의 일부를 나눠 갖은 덕분에 굳이 만들 생각을 하지 않았다. 다만 흑수가 받는 수익은 개인으로 하면 많은 돈이지만, 대규모 공사를 진행하기에는 적은 돈이었다.

인부를 고용해야 하지, 건축 자재들을 사야 하지. 그 외 여러 가지에 드는 비용도 감안하면 적지 않은 돈이 들 것이 다.

"있긴 합니다만, 아직 구체적으로 떠오르는 건 없는 것 같습니다."

"흠…… 그런가?"

내심 아쉽다는 표정의 종리추. 흑수는 금방 그가 무슨 의도로 이리 말한 것인지 깨달았다.

이건 말을 돌리는 게 아니라 공사를 중단한 이유를 설명하는 것과 관련이 있었다.

'자금이구나.'

감자깎기로 크게 흥하여 장원을 더 넓혔다. 인근의 땅을 더 사서 수련장과 숙소를 짓고 있었다.

수련생들을 더 들이기 위해서였다. 매년 열 명 안팎의 수련생만 들이던 종리세가.

자금도 부족하고, 규모도 작아서 얼마 들이지 못했지만 이제 자금이 충분하니 수련생들을 늘릴 생각인 것이다.

공사 규모로 보아 매년 마흔 명에서 많게는 쉰 명 정도 들일 규모로 확장하고 있는 것 같았다.

아직 틀만 맞춘 단계라 제대로 지어진 건 아니지만 얼추 예상은 할 수 있었다.

돈 많은 집안의 자재가 들어오면 그쪽에서 돈을 더 보태 주긴 하지만 그것으로는 턱없이 부족한 실정.

먹여 주고 재워 주고 입혀 주기 때문에 한 명의 수련생에게 들어가는 비용도 만만찮은 것이 사실. 보아하니 무리하게 공사 쪽에 비용을 쏟아부은 것 같았다.

물론 감자깎기가 꾸준한 수입을 주어 천천히 공사를 하여 지을 수 있겠지만 이런 속도로는 삼 년 안으로 끝낼 수 있는 걸 십 년이 걸릴지도 모른다.

언제 어떻게 될지 모르는 일이다. 해서 종리추는 자금을
더 확보해 줄 수 있는 다른 혁신적인 물건을 원했다.

전속으로 물건을 납품하겠다고 계약했으니 흑수도 고개
를 끄덕였다.

"아직 뭘 만들지 잘 모르겠지만 대장간에 돌아가면 곰곰
이 생각해 보고 만들어 보겠습니다."

"그래. 고맙네. 기대하고 있겠네."

종리추가 기대하겠다는 듯 웃어 보였다.

* * *

종리세가에서 사흘을 보낸 흑수는 또다시 며칠을 더 가
서 드디어 구포현에 있는 그의 대장간에 도착할 수 있었다.

그는 대장간으로 가는 길에 과수원에 들러 소소네 아주
머니를 만나 그가 받은 선물 중 일부를 드렸다.

상당한 고가의 물건이라 한사코 거절하던 소소네 아주머
니였지만, 흑수가 거의 억지로 떠넘기는 바람에 받을 수밖
에 없었다.

소소네 아주머니께 하남성에서 소소를 만나 있었던 얘기
를 해 줬는데 매우 기뻐했다. 우승은 아니지만 용봉 비무

대회에서 높은 순위까지 갔으니 자랑스러워하셨다.

그러면서 마을 복구가 얼마나 됐는지 물어보니 종리세가의 무인들이 도와준 덕분에 벌써 대부분 복구했다고 한다.

해경상단에서도 돈을 지원해 줘 복구에 속도가 붙었다고 한다.

기업의 이미지를 위해서 해 주는 건 전생이나 이곳이나 똑같다고 생각하며 잘된 일이라고 생각했다.

광동성에서 주로 영업을 하는 해경상단이니 이런 큰일에는 반드시라고 해도 좋을 만큼 지원비를 보냈다.

특히 몇 해 전 폭설이 내렸을 때도 뒤늦게나마 사병들을 지원해서 눈을 치우는 걸 거들어 주었다.

흑수는 잠깐 소소네 아주머니와 얘기를 나누고 선물도 준 뒤에 대장간에 도착했다.

종리세가의 무인들이 잘 관리해 준 덕분에 대장간은 처음 갔을 때와 별다를 바 없는 모습이었다.

"드디어 도착이다!"

이제야 집에 왔다. 자기 집만큼 편한 곳이 없다는 말이 사실이듯 흑수도 대장간으로 돌아오자 힘이 쭉 빠지는 것 같았다.

종리연은 그가 좋아하는 모습을 보고 후후 웃음을 지었다. 총백청도 이해한다는 듯 몰래 웃고 있었다. 일단 가져

온 짐을 정리하고 뒤뜰에 가보니 닭과 염소들이 늘어나 있었다.

"어라? 닭이 왜 이렇게 많지?"

분명 하남성으로 가기 전에 있던 닭은 많지 않았다.

알 낳는 암수가 두 마리, 백숙, 찜닭 등으로 해 먹을 식용 닭이 네 마리였다.

그런데 돌아오고 나니 이름 모를 닭들이 여섯 마리가 더 있었고, 부화한 지 며칠 되지 않아 보이는 병아리가 일곱 마리나 더 있었다. 염소도 두 마리나 늘었다.

"염소는 그렇다 치고, 계란이나 닭도 안 먹었나 보네."

많이 있으면 흑수의 입장에서 좋기는 하지만, 입에 대지 않으니 괜히 미안해졌다. 그 외에도 깨끗하게 관리해 준 것 같았다.

창고의 물품 위치가 조금 바뀌어 있는 것 같은데, 구석구석 청소하면서 잘못 두어서 그런 것 같았다.

없어진 물품도 없고, 오히려 깨끗하게 정리도 해 주고 관리해 주었다.

나중에 종리연에게 그들을 따로 노고를 치하해 달라고 건의하기로 하고 대장간을 더 둘러보았다.

*　　　*　　　*

대장간에 온 이튿날, 흑수는 종리추가 얘기한 또 다른 물건 중 무엇이 있을까 고민하기에 이르렀다.

그는 한참을 고민하다가 곧 두 개를 떠올렸다.

"면도기와 채칼!"

수염을 깎지 않는 곳이다 보니 면도기가 안 팔릴 수도 있겠지만, 흑수는 전혀 그렇지 않을 거라는 생각이 들었다.

면도기가 수염만 깎는 데 이용되는 건 아니다.

넓게는 가슴 털, 배털, 팔 털, 다리털, 겨드랑이 털 등 모든 털을 깎을 때도 쓸 수 있다. 그리고 채칼은 쉽고 간단하게 채를 썰 수 있는 기계다. 요리를 할 때 간편할 것이다.

요리를 해 먹는 일반 가정집에 팔아도 되지만, 이건 요릿집 어디든 다 팔 수 있다고 자신했다.

상처가 나도 칼보다야 훨씬 덜 위험한 면도기!

"정 안 되면 스님들에게 팔고!"

안 팔리면 팔리게 하라!

그럼 면도기를 쓸 만한 사람에게 팔아야 하는데 그게 딱 스님들이었다.

스님들도 수염은 안 깎겠지만 머리는 깎는다. 머리를 깎을 때 칼로 해야 하기 때문에 머리를 밀다가 잘못하면 크게 베일 수도 있다.

드물긴 하지만 머리에 상처가 있는 스님들도 있는데, 머리를 미는 사람이 실수해서 일어난 일이다. 그 상처를 최소화하는 데 당연히 면도기만큼 적당한 게 없었다.

간편하고 편리하게 요리할 수 있는 채칼!

"간편한 거 싫어하는 사람이 세상에 어디 있어?"

인간이란 참 게으른 존재라서 조금이라도 편하고 싶어 한다. 작지만 분명 채칼도 이에 못지않게 팔릴 거라고 생각하여 일단 도면을 그려 종리연에게 보고했다.

도면을 받고 그 용도를 들은 종리연은 부정적이었다.

"과연 이게 잘 팔릴까요?"

면도기의 경우 팔 수 있는 사람들이 한정적이었다.

'그런데 팔 사람들이 없어서 스님에게 팔 생각을 하시다니……'

참 난감하다는 생각이 들었다.

상관은 없지만 뭔가 돈 때문에 그들을 특정해서 판매하는 것이 석연찮다. 스님들에게 팔 생각으로 물건을 만들려고 하는 사람은 천하에 흑수뿐일 것이다.

'게다가 채칼? 이게 잘 팔릴까?'

도마처럼 생겼으면서 구멍이 뻥뻥 뚫려 있는 물건.

그 위에서 채소를 밀면 자연스럽게 채가 썰린다는 것이다.

어떻게 이런 생각을 할 수 있는 지 신기하긴 하지만 이것도 솔직히 말해 잘 팔릴 것 같지 않았다.

칼로.요리를 하는 게 당연한데 이런 알 수 없는 도구로 하다니. 솔직히 말해 둘 다 신박하긴 하지만 판매하기 어려울 거라 생각했다.

"아무리 생각해도 이건 거절해야겠네요."

"어째서죠?!"

"시도는 좋지만 너무 허무맹랑해요. 아무도 안 살 게 뻔해요."

"원래 감자깎기도 처음에 그런 반응이었어요. 홍보만 잘한다면 분명 잘 팔릴 거예요."

지금은 익숙해지고, 편리해서 좋은 물건이라 생각하지만, 종리연도 감자깎기를 처음 보고 이게 뭔가란 생각이 들었다.

"홍보는 맡겨 두세요. 감자깎기처럼 광동성을 시작으로 중원 전체로 뻗어 갈 테니까!"

그의 말에 혹시나 하는 생각이 들기도 했다. 일단 시장에서 알아줄 수 있는지 확인해 보는 것도 중요할 거라 생각했다.

남들이 아니라고 할 때 맞다고 해서 되는 경우도 있지 않은가. 무엇이든 일단 돈이 벌어져야 아는 법이다.

"좋아요. 그럼 일단 만들어 보시고 성과를 내시면 그때 결정할게요. 그래도 되죠?"

"뭘 당연한 말씀을. 반드시 잘 팔릴 거라 확신합니다."

흑수는 가슴을 탕탕 치며 자신감을 표현했다.

'흑수 님이 기발하시긴 한데…… 이건 확실하게 안 팔릴 거란 생각이 드는데.'

종리연은 여전히 부정적이었다.

*　　　*　　　*

흑수가 가장 먼저 만든 것은 면도기! 간편하게 만들 수 있어 만드는 것은 오래 걸리지 않았다.

혹시나 해서 팔에 있는 털을 살짝 밀어 보니 별로 쓰라리지도 않고 부드럽게 잘 밀렸다.

이건 대박이라고 생각했다.

"계십니까?"

"왔다!"

흑수는 대문 밖에서 들리는 소리에 자리에서 벌떡 일어나 얼른 면도기를 챙겼다. 대문을 여니 중 한 명이 허허 웃으며 서 있었다.

"기다리고 있었습니다, 스님!"

"허허, 시주 받으러 온 중을 이리도 환대해 주시는 분이 다 있을 줄은 몰랐습니다. 복 받으실 겁니다. 관세음보살……."

대장간에 가끔 중들이 시주를 받으러 찾아온다.

단천수는 시주를 받으러 오는 스님을 내치지 말라고 가르쳤다. 스님을 내쫓으면 극락왕생하지 못한다나?

종교나 신을 믿지 않는 흑수에게는 아무래도 좋은 일이지만 중을 박대한 적은 단 한 번도 없었다.

그러나 오늘처럼 시주를 받으러 온 중이 이렇게 반갑기는 처음이었다.

"잠시만 기다려 주세요."

흑수는 대장간 텃밭으로 가 고구마와 청경채를 중에게 건넸다. 생각보다 많은 양에 중이 상당히 놀란 표정을 지었다.

거기에 더해 철전 몇 푼도 넣어 주었다. 이렇게나 많이 줄 줄은 몰랐기에 중의 얼굴은 오히려 곤란한 표정이었다.

"허허. 이렇게나 풍성하게 주시니 제가 다 곤란하게 됐습니다. 시주의 내면에 벌써 부처께서 드신 모양입니다. 제가 시주께 복이 가득하도록 부처께 공양을 드리겠습니다. 나무아미타불……."

염불을 외우며 인사를 하는 중. 흑수도 손을 가지런히 모았다.

"스님."

"예. 시주."

"제가 이걸 만들어 봤는데 어떤 것 같습니까?"

흑수가 미리 챙겨 왔던 면도기를 드디어 스님 앞에 선보였다.

이 스님을 시작으로 면도기를 중원 모든 중들에게 홍보하겠다는 생각의 흑수. 어느새 그의 눈이 탐욕으로 이글거리고 있었다.

'허허…… 시주께서 탐욕으로 가득하시구려.'

말은 하지 않았지만 그의 눈빛은 탐욕 그 자체라고 말해도 될 정도였다.

무슨 이유에서 그런 눈빛이 나오는지 모르지만 그가 꺼낸 기계와 연관이 있을 거라고 확신했다.

스님은 손 안에서 천천히 염주를 굴렸다.

"이건 털을 미는 기계입니다."

"오호, 털을 말입니까?"

"예. 스님. 스님들께서 부처께 공양드리랴, 염불을 외우랴 바쁘실 텐데 거기다 머리도 밀어야 하고. 하루하루가 빠듯하실 것 같아 제가 이렇게 새롭게 개발했습니다."

흑수는 자신의 팔에 물을 묻히고 살짝 털을 밀었다. 깨끗하게 밀린 그의 솜털. 스님이 호기심 어린 표정으로 이를 바라보고 있었다.

흑수는 그것을 보고 역시 팔릴 거라는 자신의 생각이 맞았다는 걸 증명할 수 있을 거라 생각했다.

한동안 흑수가 만든 면도기에 대한 설명을 들은 중.

그가 설명을 마치자 중이 차분하게 입을 열었다.

"시주. 이 중의 말을 새겨들어주십시오."

"예, 스님."

"탐(貪). 진(瞋), 치(癡). 시주께선 탐욕, 성냄, 아둔함의 삼심(三心)이 자리하고 계십니다. 시주께서는 탐으로 인하여 너무도 모든 걸 좁게 바라보고 계십니다. 부디 삼심을 요탈하여 넓게 바라봐 주십시오."

"……."

스님의 일침에 흑수는 할 말을 잃고 말았다.

설마 스님이 이렇게 말할 줄은 예상도 못 했기 때문이다.

어버버거리고 있는 와중 스님은 잠깐 숨을 고르고서 또 말을 이었다.

"그리고 머리카락은 번뇌 상징입니다. 세속의 인연을 자름과 함께 마음을 올곧게 한다는 의미입니다. 시간을 절약하기 위해 자른다는 것은 어불성설이며, 이 또한 부모가 물려주는 것이기 때문에 경건한 마음으로 미는 것이니. 이는 곧⋯⋯."

그리고 무신론자 흑수에게 불교의 가르침을 설파했다.

*   *   *

"공자께서 이런 말씀을 하셨어요. 따라해 보세요. 신체
발부수지부모(身體髮膚受之父母)."

"신체발부수지부모⋯⋯."

"너의 신체와 터럭, 살은 부모에게 받은 것이니."

"⋯⋯."

"불감훼상효지시야(不敢毀傷孝之始也). 감히 손상시키지
않게 하는 것이 효도의 시작이니라."

"⋯⋯."

"제가 뭐라고 했죠?"

"죄송합니다."

흑수가 스님에게 면도기를 보여 주고 설명하는 걸 처음
부터 끝까지 뒤에서 지켜본 종리연이다.

그리고 흑수는 창피하다는 듯 얼굴을 가리며 대장간에
들어왔다. 스님의 말이 맞는 말이라서 할 수 있다면 지금
당장이라도 쥐구멍에 숨고 싶은 심정이었다.

결론만 말하자면 면도기는 판매하지 못하고 한 시진 동

안 본의 아니게 설파를 당해 버렸다.

반론할 틈도 없었고, 할 말이 없었기에 흑수는 계속 들을 수밖에 없었다.

"털을 깎는 도구를 만들어 팔겠다니. 솔직히 대충 예상을 했지만 막상 이렇게 보니까 아닌 것 같아서 한 소리 했어요."

스님들이 좋아서 머리를 밀겠는가. 속세를 끊겠다는 마음 하나로 깎은 것을 그가 장사를 하려고 했으니 당연히 욕먹을 상황은 맞다.

아마 종리세가가 아니라 흑수 개인이 팔기 시작했으면 주위에서 좋지 않은 소리를 들었을 것이리라.

"……다른 곳도 마찬가지겠죠?"

아직도 미련을 버리지 못한 듯 보이자 종리연의 시선이 더욱 무서워진다. 흑수는 자신도 모르게 움츠러들었다. 그녀는 살짝 화가 난 표정을 지었다.

"제가 그렇게 말씀을 드렸는데. 또 창피를 당하시려고요? 그러다가 나중에 큰일 나요."

"……그럼 이왕 이렇게 된 거 절로 들어갈까요? 큰일 나기 전에 부처가 되는 것도 괜찮겠네요. 경건함 좀 배우고 깨달음도 얻고……."

"그, 그건 제가 반대할게요!"

종리연은 정말 절로 들어갈 분위기라서 화가 난 것도 잊고 일단 그를 위로했다.

절로 간다는 게 나쁘다는 건 아니지만 들어가는 건 원치 않았다.

말 그대로 세속과 연을 끊는다는 건 자신의 연결고리까지 끊는다는 소리니까.

미래의 지아비가 될지 모르는 사람을 포용해 주는 것도 미래의 지어미가 될 여인의 참된 도리라고 생각하며 그녀는 흑수를 위로했다.

조금 힘들었지만 흑수는 다시 원기를 되찾을 수 있었다.

"그래요. 사람이 살면서 실수할 수 있는 법이죠?"

"네, 물론이죠. 분명 이번에는 잘 될 거예요."

자신감을 얻은 흑수는 다시 원래대로 돌아오고, 종리연은 아무도 모르게 가슴을 쓸어내렸다.

일단 절로 들어가겠다는 건 막은 셈이다.

흑수는 주먹을 꽉 움켜쥐며 다른 물품에 승부를 걸기로 했다. 그에게는 아직 채칼이 남아 있었다.

분명 그의 의도대로라면 채칼은 잘 팔릴 거라 생각했다.

*　　*　　*

채칼을 만드는 데 소비한 기간은 무려 열흘! 아무래도 도면을 만들었다 해도 직접 만드는 것은 천지 차이였다. 철을 단련하기 전에 미리 구멍을 내는 것보다 단련된 철에 하는 게 형태가 더 좋다는 것을 알고 수작업으로 계속했다.

하나를 만드는 데 그 정도 걸렸지만 이제 대략 만드는 법을 알았으니 만드는 시간이 더 절약될 것이다.

채칼을 세 개 만든 흑수는 곧장 객잔으로 향했다.

흑수의 마을에 있는 풍운객잔. 사람들이 잘 찾아오는 곳이며 가격도 싼 데다 음식도 많이 나와 단골이 많은 곳이다.

간혹 여행객들도 이곳을 찾아오기도 했다. 인근에 바다가 있어 해산물 요리가 많으며 벌써 칠십 년의 전통을 자랑하고 있었다.

삼대째 내려오고 있는 곳이며 그 기세는 여전했다. 흑수도 단천수를 따라 몇 번 온 적이 있는 곳이다.

"어이쿠, 대장장이님 오셨어요?"

점소이는 흑수를 알아보고 반갑게 맞이해 주었다. 구포현의 대장간은 한 곳밖에 없다.

옆 마을에 하나 더 있긴 하지만 흑수가 가장 유명하다.

무엇보다 흑수의 대장간 때문에 다른 사람들은 대장간을 새로 열 생각도 못 했다.

자신이 독식하면 다른 대장장이들은 제대로 만들지 못하고 문을 닫아야 하니 수량을 정해 놓고 팔거나 농기구만 만들어 팔았다.

옆 마을의 대장간은 무기와 농기구 둘 다 팔았다. 같은 직종에서 일하는 사람들이기에 흑수는 하루아침에 그들을 거리에 나앉게 할 정도로 무심하지 않았다.

무기는 종리세가에만 납품하고 있으니 다른 대장간에 피해가 갈 일이 없었다.

사냥꾼들이 화살을 만들어 달라고 오는 경우도 있지만, 사냥철에는 흑수도 사냥하기 때문에 옆 마을 대장간에 가라고 쪽지를 붙여 두고 나가는 일이 허다하다.

"주방장 안에 있나요?"

"주방장님은 왜요?"

"좀 소개시켜 드릴 물건이 있어서요."

"음…… 잠시 기다려 주세요."

그러고 보니 흑수의 손에 뭔가가 들려 있었다. 도마 같은데 구멍이 숭숭 뚫려 있었다.

감자깎기도 처음에는 해괴한 물건이었으니 저것도 분명 쓰는 용도가 있을 거라는 생각이 들었다.

"어이쿠, 광동 제일의 명장께서 절 찾아 주시고. 하하하! 오랜만이다. 얼굴 좀 보이고, 객잔에 자주 찾아와라. 일 때문에 바쁜 건 알겠지만."

"흠. 뭐, 다음에 아가씨랑 오기로 하지."

주방장은 크게 웃으며 흑수를 맞이해 주었다. 일부러 손
님이 많지 않은 시간에 왔기 때문에 이렇게 주방장을 만날
수 있었다.

초영부라는 이름을 가진 젊은 남성인데, 어렸을 적 소소
와 함께 놀던 남자 중 한 명이었다.

나중에 풍운객잔을 물려받을 장남이기도 했다. 흑수도
그의 얼굴과 이름은 알고 있다. 그리고 소소와 놀아 주면서
같이 몇 번 놀았던 적도 있었다.

이제 철도 들고, 나이도 들면서 각자 일에 종사하여 만날
시간이 적었다.

솔직히 말해 장을 보러 가다가 몇 번 마주친 것을 제외하
고 같이 한 시간은 그리 긴 것은 아니었다.

초영부는 어렸을 적 친구라는 것 하나 때문에 반갑게 맞
이해 주었다.

"그러고 보니 종리세가의 아가씨가 기거한다고?"

"응."

이미 소문은 퍼질 대로 퍼진 상황. 서로 거래 상대라고
하지만 남들이 보기에는 종리세가의 아가씨가 호위 목적으
로 왔다는 것에 거래 상대로만 온 것이 아니라고 봤다.

"잘되어 가냐?"

잘되어 가냐는 말이 뭔 의미인지 아는 흑수가 피식 웃었다. 남자들이 하는 생각이야 다 거기서 거기인 것이다.

아마 초영부도 흑수의 소식을 들을 때마다 이런저런 생각을 했을 것이다.

그녀의 호위무사가 있다고 해도 남녀가 유별난데 한집에 같이 사는 것과 다름이 없으니까.

"그런 사이 아니다."

"에이, 소문으로는 아가씨가 널 좋아하는 것 같다고 하는데 이렇게 된 거 팔자 펴야지. 거기다 종리세가의 무공도 배우고."

"이미 망치질로 충분히 팔자는 핀 데다 무공을 배워서 굳이 또 배울 필요도 없다."

"그러냐?"

흑수의 할아버지인 단천수가 과거에 강호인이었다는 걸 구포현에 사는 사람들은 다 아는 사실.

초영부도 어렸을 적 들었던 일이기 때문에 단천수에게 배웠겠거니 하고 있었다.

"새로 소개시켜 줄 물건이 있다고?"

"아마 좋아할 것 같아서 이렇게 가지고 왔다."

흑수는 자신 있게 초영부에게 채칼을 보여 주었다. 이곳도 감자를 깎을 때는 감자깎기를 많이 사용한다.

구포현에 있는 거의 모든 객잔과 가정집에서는 감자깎기를 사용한다고 보면 되었다.

칼로 껍질을 자르는 것보다, 감자깎기로 벗기는 게 더 쉽고 빠르니 자주 애용할 수밖에.

"이건 어디에 쓰는 거냐?"

딱 보면 그냥 도마다. 그러나 구멍이 뚫려 있다. 일반 도마로 쓰기에는 상당히 무리가 있는 물건이다.

"이건 채를 썰 때 사용하는 기계다."

"채를 썰 때? 어떻게?"

"보여 주는 게 더 빠르겠지. 남는 식재료 있어?"

"음…… 잠깐만 기다려 봐라."

초영부가 주방으로 들어가더니 당근 하나를 꺼내 그에게 건네주었다. 흑수는 깨끗이 물에 씻은 당근을 채칼 위에 올린 채 슬며시 밀었다.

가볍게 밀었을 뿐인데 당근이 부드럽게 채가 썰어졌다.

"오호. 이런 용도였구만."

"어때? 대단하지? 채칼이라고 부르는 거야."

흑수는 후후 웃으며 자신감을 표했다. 초영부도 호기심 어린 표정이었기에 반드시 판매에 성공하리라 봤다. 하지만 그저 신기했을 뿐, 초영부는 머리를 긁적였다.

"그런데 그거 별로 쓸 일 없을 것 같은데."

"어, 어째서?"

설마 호기심 가득한 표정으로 한참을 바라봤는데 거절할 줄은 몰랐다는 듯 흑수가 말을 더듬었다.

"칼로 해도 되는 걸 굳이 이걸 쓸 필요가 있나 싶어서 말야."

"빠르게 썰 수 있잖아."

"음…… 직접 보여 주는 게 빠르겠지?"

그렇게 말하더니 초영부가 당근 네 개와 도마 그리고 주방용 칼을 가지고 왔다. 잘 보라며 도마 위에 당근 놓더니 칼을 빠르게 놀리기 시작했다.

흑수도 감탄할 만큼 빠른 속도로 채를 썬 초영부. 당근 네 개를 전부 채 써는 데 걸린 시간은 고작해야 이십여 초.

"신기하긴 하지만 내가 봤을 때 그건 여러 개를 잡고 채를 썰기는 힘들지?"

손으로 잡을 수 있는 개수는 많아 봐야 두 개 정도였다.

"그렇지?"

"우리 객잔은 한번에 많은 손님들이 찾아와서 말야. 아무래도 빨리 만들어야 돼. 칼로 하는 게 더 많이, 빠르게 썰 수 있으니 별로 효율적이지 않다고 봐."

댕~

커다란 망치로 얻어맞은 종처럼 머릿속이 울렸다. 설마 효율적이지 못하다는 말을 들을 줄은 몰랐기 때문이다.

"그리고 무엇보다 요리는 칼로 해야 제맛이지. 미안하게 됐지만 그건 별로 사고 싶지 않네. 다른 곳을 알아봐야 할 것 같아."

"……."

결국 흑수는 이날 풍운객잔 말고 다른 객잔과 일반 가정 집에서의 홍보에도 실패했다.

흑수는 이번 일을 계기로 한 가지 큰 깨달음을 얻었다.

"인생은 뭐든 순탄하게 되는 경우가 없군요."

"……."

그는 종리연에게 하소연하듯 한숨을 푹 내쉬며 벽에 등을 기대어 있었다.

이런 적이 여태껏 단 한 번도 없었으니 당연히 좌절을 맛보는 것도 이상하지 않았다.

'분명 잘될 거라 생각했는데.'

전생의 현대 중국에서도 사용하는 물건들이다.

채칼을 사용하지는 않지만 분명 간편하기 때문에 팔릴 거라 생각했는데 설마 손맛을 중요히 여겨서 그런 것일 줄이야.

중국 요리를 전부 칼로 만드는 이유가 이것 때문이었다

는 걸 이제야 깨달은 흑수였다.

문화와 가치관이 현대와 다르다는 것을 생각하지 못한 것이 이번 일의 실패였다고 볼 수 있었다.

평행 세계니까 이곳에서도 잘될 거라고 안이하게 생각했던 자신을 탓할 수밖에 없었다.

감자깎기도 잘됐고, 지금껏 실패한 적이 없으니 무조건 잘될 거라고 생각했던 것도 이번에 반성할 점이었다.

종리연이 안타까운 시선으로 이를 바라보았다.

이미 잘 팔릴 거라 확신해 자비를 들여 약 삼백여 개 분량의 철을 주문, 생산하기에 이르렀다.

분명 다 팔릴 거란 생각을 가지고 있던 흑수.

덕분에 쓸모없는 돈만 쓰게 되었고, 하나도 팔지 못한 채 전부 재고가 되어 버렸다.

다행이라고 하면 이걸 다 녹여서 다른 걸로 만들면 된다는 것이다.

전부 농기구를 만들면 최소 이백여 개는 만들 수량은 되었다.

이걸 언제 다 팔까 하는 생각이 없잖아 있긴 하지만 말이다.

"좀 더 고민하시다 보면 분명 굉장한 물건을 만드실 거예요. 전 흑수 님을 믿어요."

이미 해탈에 가까운 표정의 흑수. 해탈을 경험한 부처님의 모습이 저럴까 생각하며 종리연은 그를 위로했다.

"저도 일상에서 유용할 점이 무엇인지 생각나면 말씀드릴게요. 총 무사님도 열심히 찾아 주세요."

"예, 아가씨. 자네도 너무 그렇게 낙담하지 말게나. 사람이 때론 실패도 경험할 수 있는 것 아닌가."

오히려 실패를 두려워하지 않고 이번에 밀어붙인 그 점은 남자답다며 칭찬하는 총백청.

흑수는 그들의 위로를 받으며 천장을 바라보았다. 오늘만큼 술이 생각나는 날이 없었다.

*　　　*　　　*

흑수는 이번 일을 계기로 종리연에게 먼저 상의를 하기로 결정하기로 했다.

그 외에도 여러 가지를 생각해 봤지만 이렇다 할 것이 나오지 않았다.

흑수가 생각해도 이건 좀 아니다 싶은 건 사전에 버리기로 하고 뭘 만들지 열중했다. 그러면서 종리세가에 납품할 검들도 잊지 않고 만드는 일상이 지속되었다.

벌써 보름이란 기간이 지났음에도 이렇다 할 게 나오지

않으니 흑수도 답답했다. 설마 이렇게나 찾는 게 어려울 줄은 몰랐기 때문이다.

뭐든 잘 먹히리란 법은 없고, 좀 괜찮다 싶어 물으면 종리연은 단호하게 아니라고 말했다.

혹시 몰라 몇 개 만들어 홍보해 보니 마찬가지였다.

"그것참 찾기 엄청 어렵구만."

뭐가 있을까 머리를 식힐 겸 바닷가로 나가도, 바람을 쐬어도 나오는 게 전혀 없는 일상.

감자깎기는 운이 좋게도 사람들에게 잘 맞아 잘 팔린 것이지, 다른 것은 시장성도 없었다.

사람들은 흑수가 요즘 괴이한 물건이나 만들고 있다고 수군거리기도 했다. 이 때문에 흑수는 오기가 생겼다.

'내 반드시 그 괴이한 물건을 칭찬하게 만드리라!'

그렇게 다짐하며 오늘도 열심히 머리를 굴리던 흑수.

그는 혹시 다른 소재가 없을까 생각해서 이리저리 돌아다녀 보았다.

감자깎이처럼 딱 떠오르면 좋겠는데, 딱히 이렇다 할 것이 생각이 안 나니 괜히 강박관념이 생기는 흑수였다.

종리연과 총백청도 여러 가지를 생각해 봤지만 딱히 나오는 게 없었다.

흑수는 현대의 물건들을 대입해서 생각해 내면 되는 반

면, 그들은 새로운 걸 만들어야 하는 입장이니 훨씬 어려울 수밖에 없었다.

그렇게 자신의 뒤뜰을 돌아다니던 흑수. 그리고 그곳에서 쪼그려 앉아 있는 종리연을 발견했다.

새끼 염소들을 바라보고 있나 했지만, 가까이에 가 보니 그것은 한 마리의 고양이였다. 닭과 염소에게 먹이를 주다가 고양이가 다가오니 잠시 관찰하고 있던 모양이다.

"아가씨, 뭐하고 계셨어요?"

"아, 흑수 님."

종리연은 미소를 지으며 자리에서 일어났다. 예전에 안 것이지만 종리연은 동물들을 정말 좋아했다.

특히 개와 고양이를 좋아하는데, 아쉬운 건 대장간에서 개나 고양이를 키우지 않는다는 것. 그나마 고양이가 가끔 놀러 와 종리연이 몇 번 먹이를 챙겨 주는 걸 본 적이 있었다. 지금 종리연이 안고 있는 그 고양이가 늘 먹이를 주던 녀석인 것 같았다.

'고양이가 짬 타이거처럼 몸이 엄청 비대해졌네.'

군대에서 흔히 볼 수 있는 짬 타이거.

얼마나 먹어 댔는지 고양이치고 너무 뚱뚱해 뒤뚱뒤뚱 걸어 다니는 걸 본 흑수다. 지금 종리연이 안고 있는 고양이도 짬 타이거처럼 몸이 비대했다.

"먹이를 주는 것은 상관하지 않겠지만 키우는 건 반대예요."

"저도 알아요."

종리연도 고양이를 키울 생각은 없었다. 고양이를 좋아하긴 하지만 키우게 되면 털이 날리는 것이 문제가 될지 모르니 말이다.

그것만 아니라 창고 어디에 들어가서 난장판으로 만들 수도 있었다. 그리고 고양이는 비좁은 곳을 좋아한다.

만일 작업실 안으로 들어갔다가 비좁은 화로 안에 들어가게 되면 잘 보이지도 않을 것이다.

흑수가 그걸 모르고 불을 피우게 되면 끔찍한 일이 발생하리라.

대장간에서 키우기에는 여러모로 문제가 될지 모르니 종리연도 그 점은 이해했다. 그렇기에 그냥 이 정도로만 만족하는 중이다.

"냐옹—!"

고양이가 불편했는지, 아니면 흑수가 등장해서인지 모르지만 그녀의 품에서 벗어나 멀찌감치 도망갔다. 종리연은 아쉬움을 뒤로하고 그를 바라보며 물었다.

"그런데 여긴 무슨 일로 오셨어요? 혹시 수련 때문인가요?"

흑수 전용 수련장이 따로 마련되어 있는 뒤뜰. 흑수는 고개를 저었다.

"아뇨. 물건 만들 소재를 찾아보려고 돌아다니는 중이었어요."

"그렇군요."

힘이 되고 싶지만 종리연도 딱히 뭔가 생각나는 게 없으니 미안한 마음이 들었다.

"저도 힘이 되어드리고 싶은데 죄송해요. 흑수 님은 이것저것 생각하시는데 전 구상되는 게 없으니……."

"아뇨. 오히려 아가씨가 정상입니다. 애초에 기발한 게 나오는 게 쉬운 일도 아니고요. 굳이 미안해하실 필요는 없어요."

남들이 손가락질할 일도 끝까지 믿어 주는 종리연 덕분에 흑수도 힘을 쓸 수 있었다. 세상에 이런 착한 여인이 다 있다니.

정말 종리연 같은 사람이 아내가 되면 그 남자는 참 행복하겠다고 생각하는 흑수였다. 그렇게 약간 얘기를 하니 뒤에서 인기척이 들려왔다.

"다들 여기 있으셨습니까?"

물어 온 것은 총백청이었다. 그는 손에 뭔가를 쥐고 이쪽으로 오고 있었다. 이 시간에는 방 안에서 홀로 수련하는 총백청이다.

그가 종리연을 호위를 하는 것도 밖에 외출할 때 말고는 거의 없었다.

흑수는 그의 손을 가리키며 물었다.

"손에 뭘 들고 계세요?"

"조갑(爪甲)이네. 한동안 신경을 안 썼더니 꽤 길어서 말이야."

조갑은 흔히 말하는 손톱과 발톱이다.

흑수는 총백청의 움켜쥔 손에 조갑이 들어 있을 거라 생각할 때, 왼손의 손톱을 바라보았다.

"손톱을 잘못 자르셨나 보네요? 살짝 피도 나고."

"잠깐 딴생각하다가 좀 깊이 잘랐지 뭔가. 거기다 가위도 좀 잘 안 들었고 말야. 나중에 이것 좀 갈아 주겠나?"

별거 아니라는 듯 웃는 총백청. 살짝 따끔하기야 하겠지만 그리 신경이 많이 쓰이지는 않을 정도 같았다.

"가위?"

문득 흑수는 가위를 보고 한 가지 생각이 들었다.

지금껏 신경 쓰지 않았던 건데 옛날에 손톱과 발톱을 자를 때 익숙지 않은 가위로 한다고 해서 살을 살짝 잘라 낸 적도 있었다.

그때 손톱깎이를 원했는데 지금은 별생각을 하지 않았

다. 이유를 말한다면 당연히 익숙해졌기 때문에 굳이 쓸 필요성이 없어진 것이다.

"손톱깎이! 내가 왜 그 생각을 못 했지?!"

흑수가 한국말로 크게 소리쳤다. 알아듣지 못하는 언어에 종리연과 총백청이 흠칫 놀랐다.

손톱을 자를 때 유용하게 쓰이는 도구. 그것은 바로 손톱깎이!

이곳에서는 손톱깎이 대신 가위로 자르기 때문에 다치는 일이 비일비재하다. 날이 잘 안 드는 손톱가위는 손톱을 다듬기는커녕 이상하게 잘린다.

날이 잘 안 들면 흑수는 그것들도 그냥 갈아서 쓰기 때문에 지금껏 손톱가위를 교체할 이유도 없었다. 그런데 손톱깎이를 만들 생각을 하니 왜 지금껏 안 만들었을까 하는 생각이 들었다.

손톱가위보다 손톱깎이가 훨씬 간편하고 잘 잘리는데도 말이다.

"총 무사님. 감사합니다. 드디어 찾았어요!"

흑수가 덥석 그의 손을 잡았다. 너무 흥분한 나머지 한국말로 말하고 있다는 것도 눈치채지 못하고 있었다.

"어? 뭐라고?"

당연한 얘기지만 총백청은 알아듣지 못했다.

흑수는 그의 물음에 대답하지 않고 싱글벙글한 얼굴로 갑자기 작업실 안으로 들어갔다.

총백청과 종리연이 이를 멍하니 바라보았다.

"보아하니 감사하다고 하는 것 같죠?"

"그런 것 같습니다. 갑자기 왜 저러는 건지……."

나중에 흑수가 흥분을 가라앉히면 물어봐야겠다고 생각한 총백청과 종리연이었다.

*　　*　　*

흑수는 도면을 그리고, 바로 손톱깎이를 만드는 데 집중했다.

부품을 만드는 데 걸린 기간은 고작 삼 일. 한 번 만들기 시작하니 뚝딱 만든 그는 종리연에게 이를 보여 주었다.

작은 것과 큰 것을 그녀에게 보였다. 궁금증으로 가득한 기묘한 물건에 종리연이 고개를 갸웃거렸다.

"이게 뭐죠?"

"조갑을 깎는 기계입니다."

"조갑을요?"

"작은 것은 손톱을 자르는 용도이고, 큰 것은 발톱을 자르는 것입니다."

어떻게 쓰는지 감이 오질 않았다. 위아래가 날로 되어 있어 이걸로 자르는 것 같긴 한데…… 어떻게 사용하는 것일까.

일단 흑수는 이를 사용해 보기로 했다.

"제 손톱을 자른 지 얼마 되지 않았으니 아가씨 손 좀 빌려도 되겠습니까?"

"예?"

"잠시 실례하겠습니다. 무례를 용서해 주세요."

그렇게 말하더니 흑수가 종리연의 손을 덥석 잡았다. 그가 갑자기 손을 잡아 와 당황한 종리연의 얼굴이 붉게 물들었다. 잡힌 손을 통해서 흑수의 단단한 손의 감촉이 느껴졌다.

'흑수 님의 손은 거칠었구나.'

아무래도 대장질과 검을 동시에 잡다 보니 무인보다 손이 거칠 수밖에 없었다.

망치, 집게, 심지어 텃밭을 일군다고 농기구도 잡으니 전체적으로 거칠었다.

무인임에도 부드러운 자신과는 참 비교되는 손이었다. 하지만 그 느낌도 나쁘지는 않았다. 남자다운 느낌이라 더욱 듬직해 보였다.

'아이참. 나도 무슨 생각을 하는 거야.'

잡념을 훌훌 털어 버렸지만 아직도 얼굴에서는 열이 났다.

흑수는 종리연에 신경 쓰지 않고 손톱깎이에 대해 설명
했다.

"일단 이게 누르는 손잡이입니다. 이걸 돌려서 뒤집으면
준비 끝입니다."

그는 그녀의 손톱에 손톱깎이를 댔다.

"그리고 이렇게 이 날 사이에 손톱을 넣으시고 단추를
누르시면 깎을 수 있습니다."

"괜찮을까요?"

처음 선보이는 것인지라 당연히 두려울 수밖에 없는 종
리연. 흑수는 방긋 미소를 지었다.

"아프지 않습니다. 제가 확인해 봤으니까요. 예쁘게 깎아
드릴게요. 아가씨는 팔릴지 안 팔릴지 확인만 해 주세요."

"예."

종리연은 흑수를 믿기로 하고 고개를 끄덕였다. 그는 그
녀의 손톱을 깎기 시작했다. 신기하게도 날이 위아래로 누
르면서 반듯하게 깎여 나갔다. 세심하게 자르지 않고 누르
기만 하면 끝이니 신기했다.

열 손가락의 손톱을 자르는 건 순식간이었다. 손톱을 다
자르자 종리연이 내심 아쉬운 듯 한숨을 내쉬었다.

"발톱을 자르는 것도 마찬가지로 이런 식으로 하시면 됩
니다. 어떻습니까?"

"괜찮네요. 예쁘게 깎이기도 하고요."

이 정도면 확실히 잘 팔릴 것 같았다.

딴생각을 하다가 너무 깊이 자르는 것만 아니면 가위보다 덜 위험하고, 살을 자를 위험도 적었다.

"하지만 혹시 모르니 일단 홍보를 먼저 시작해야 합니다. 전 마음에 들지만 다른 사람들은 아닐 수도 있으니까요. 얼마나 좋은 반응을 보일지 확인이 먼저예요."

"여부가 있겠습니까. 이번에는 반드시 성공할 자신이 있습니다!"

흑수가 이번에야말로 자신감 넘치는 모습을 보이며 의기양양하게 가슴을 탕탕 때렸다.

종리연도 괜찮다는 생각을 했다. 감자깎기처럼 어린애들도 쉽게 사용할 수 있으니 더할 나위 없는 발명품이었다.

면도기나 채칼보다 이건 어느 정도 수요가 있을 거라는 예감이 들었다.

"지금 당장 홍보하러 갈 테니 아가씨는 결과를 기대해 주세요."

"예, 기대하고 있을게요."

종리연은 기쁜 듯 덩실덩실 춤을 추듯 나가는 그의 뒷모습을 보며 미소를 지었다.

흑수가 저리 좋아하는 모습을 보니 괜히 자신도 덩달아

신나는 것 같았다.

그는 일단 만들어 둔 손톱깎이를 전부 챙겨서 홍보를 위해 밖으로 나갔다.

"흑수가 신나 하는 걸 보니 보기가 좋은 것 같습니다."

"그러게요. 저리 좋아하실 줄은 몰랐어요."

총백청도 종리연처럼 흐뭇한 미소를 지었다. 흑수는 옆에 있는 사람의 기분까지 좋아지게 만드는 재주가 뛰어난 것 같았다.

"일단 한고비는 넘은 것 같고…… 홍보가 잘되면 바로 납품 받기로 하죠."

오늘 일은 이것으로 끝. 종리연은 기지개를 켜며 밖으로 나왔다.

하남성에 간 기간 동안 대장간에서 있었던 일을 전부 정리하는 게 드디어 끝났다.

이제 겨우 쉴 수 있을 것 같았다. 그리고 몸과 마음에 여유가 생기자, 지금까지 고생한 흑수를 위해 오랜만에 요리나 좀 해 줄까 하는 생각이 들었다.

'매운 요리를 좋아하시니 만들어 볼까?'

며칠 전 닭볶음탕이라는 요리를 해 줬는데 그게 생각보다 입에 맞았다. 조선의 요리라면서 맛있으니 먹어 보라고 했었다.

처음에는 국물이 붉은 걸 보고 맵지 않을까 걱정되었지만, 흑수가 매움의 정도를 조절해 맵지 않게 먹었다.

무엇보다 맛있었다. 총백청도 객잔에 내다 팔아도 되겠다고 감탄할 정도였다. 닭이야 많으니 그중 한 마리를 잡는 것도 괜찮을 거라 생각했다.

그렇게 오늘 저녁은 닭볶음탕으로 결정하고 종리연은 실력을 발휘하려는 듯 소매를 걷었다.

〈다음 권에 계속〉

DREAMBOOKS